春天里的花瓣

——范爱军诗文集

范爱军　著

北方文艺出版社

图书在版编目（CIP）数据

春天里的花瓣：范爱军诗文集 / 范爱军著 . -- 哈尔滨：北方文艺出版社，2021.3

ISBN 978-7-5317-5095-6

Ⅰ . ①春… Ⅱ . ①范… Ⅲ . ①诗集 - 中国 - 当代②散文集 - 中国 - 当代 Ⅳ . ① I217.2

中国版本图书馆 CIP 数据核字 (2021) 第 035306 号

春天里的花瓣：范爱军诗文集

CHUNTIAN LIDE HUABAN : FANAIJUN SHIJI

作　者 / 范爱军

责任编辑 / 安　璐　暴　磊

封面设计 / 弘图

出版发行 / 北方文艺出版社

发行电话 /（0451）85951921 85951915

地　址 / 哈尔滨市南岗区林兴街 3 号

邮　编 / 150080

经　销 / 新华书店

网　址 / www.bfwy.com

印　刷 / 河北盛世彩捷印刷有限公司

字　数 / 150 千字

版　次 / 2021 年 3 月第 1 版

开　本 / 787mm × 1092mm　1/16

印　张 / 13

印　次 / 2021 年 3 月第 1 次印刷

书　号 / ISBN 978-7-5317-5095-6

定　价 / 38.80 元

目 录

上篇 抒情长诗

下篇　散文

上篇　抒情长诗

《京城晚霞好》

范爱军

京城晚霞无限好，
灯火通明星闪耀。
夕阳西下云朦胧，
群山翠绿鸟归巢。
神州龙脉风宝地，
华夏建都有三朝。
天安门前流碧水，
纪念碑下月娇娆。

（完）

二零二零年七月四日十九时作于北京皇城根下。

《北斗三号赞》

范爱军

北斗三号今上天，
导航系统星聚全，
中华民族喜扬眉，
奋勇拼搏再登攀，
服务人类看世界，
技术高超破垄断，
月宫嫦娥笑吟诗，
赞我神州梦又圆。

（**完**）

二零二零年六月二十三日十二时作于北京皇城根下。

《秋日暇想》

范爱军

从梦的意境中醒来，
看见了满眼的金色晨光。
凉爽的清风使人愉悦，
白云在蓝天上随风荡漾。

鲜花在原野上尽情的盛开，
小鸟在枝头上快乐的歌唱。
山间的溪水向远方奔去，
河里的小船撒下了渔网。

看那旭日在地平线上冉冉的升起，
古老的神州大地充满了希望。
看那五星红旗在蓝天上迎风飘舞，
勤劳的华夏儿女焕发出澎湃的力量。

秋天给人们带来了丰收的喜悦，
秋天给大地送来了五谷的芳香。

有了秋天赋予的殷实和丰厚，
人们就能坦然的面对冬的风霜。

秋风可以吹落树上的黄叶，
黄叶飘落到树根深扎的地方。
秋天的景色美丽如画，
如画的景色就是人间的天堂。

我们要在秋天里拼搏探索，
我们要在秋天里奋勇担当。
中华的大地是富饶美丽的国度，
炎黄的子孙一定会实现复兴的梦想。

（**完**）

二零二零年八月二十七日中午十二时作于北京皇城根下。

《蔷薇花》

范爱军

蔷薇花，蔷薇花，
娇艳欲滴，美丽如画，
绽放着五颜六色，
盛开着绚丽彩霞，
爬满了墙头，
攀上了藤架，
我爱你啊，蔷薇，
你是人间芳香的花。

蔷薇花，蔷薇花，
落落大方，从不喧哗，
奉献着赏心悦目，
展示着朴实无华，
陶冶了情操，
秀美了奇芭，
我爱你啊，蔷薇，
你是人间醉人的花。

蔷薇花，蔷薇花，
开遍沃野，香满天涯，
写进了诗词歌赋，
走进了百姓人家，
表达了纯洁，
诠释了典雅，
我爱你啊，蔷薇，
你是人间动情的花。

蔷薇花，蔷薇花，
沁人肺腑，爱意无暇，
传递着女性的温柔，
散发着爱情的博大，
美化了生活，
增添了潇洒，
我爱你啊，蔷薇，
你是人间不懈的花。

（**完**）

二零二零年八月二十七日二十时作于北京皇城根下。

《夕阳赋》

范爱军

金色夕阳照青山，
晚霞绚丽在天边。
松柏引来仙鹤飞，
苍茫闲处云舒展。
余辉虽少还是火，
留下几缕把灯燃。
劝君追逐落日走，
光明永在心海间。

（完）

二零二零年八月二十八日十八时作于北京皇城根下。

《攀登者之歌》

范爱军

人生都会有许多的梦想，
人生都会面对许多的高峰，
我们别无选择，
我们只能攀登。

高高的山峰，
一座连着一座，
一峰连着一峰，
人生的路上峰连着峰。

我们没有退路，
我们只能勇敢的攀登，
迎着狂风和暴雨，
背着露营的帐篷。

挥动着手里的柴刀，
在荆棘中开出一条路径，

喝一口壶中的老酒，
去温暖那高山顶的寒冰。

攀登者的手上长满了老茧，
攀登者的脚上记满了征程，
攀登者的脸上写满了沧桑，
攀登者的心上充满了机警。

不管是星移斗转，
不管是险像环生，
我们都要义无反顾，
我们都要铁骨铮铮。

面对山上的落石，
面对林中的兽影，
我们只有咬紧牙关，
我们只有信念坚定。

紧紧的盯着远方的目标，
紧紧的握住火把的手柄，
我们坚信自己的能力，

我们担当自己的使命。

我们只有战胜了孤独，
我们才能看得到胜境，
我们只有登上高耸入云的山顶，
才能仰望明媚的月亮和星星。

如果我们畏惧困难，
如果我们放弃攀登，
我们只能是望山兴叹，
我们只能看着别人欢庆。

只有经过一生的奋勇拼搏，
只有经过一生的努力攀登，
我们才能无怨无悔，
我们才能成为精英，

如果我们吃不了苦，
如果我们忍不了疼，
一切成功都将与我们无关，
一切荣誉都没有我们的姓名，

只有经过攀登的考验，
才能看出意志和忠诚，
才能无愧于伟大的时代，
才能穿越于浩瀚的天庭。

攀登吧，攀登，
我们的心要像天上的雄鹰，
大地尽收在我们的眼里，
洁白的云海在不断的翻腾。

远离了世俗的喧嚣，
看到了天界的安宁，
一切的疲惫都化作了烟云，
一切的愉悦都来自于攀登。

在这里建上一座小桥，
修建一座漂亮的凉亭，
沏上一杯清香的山茶，
与好友们吟诗与弹筝。

不要留下无为的遗憾，
不要留下虚度的光景，
为子孙后代做出榜样，
为中华民族燃烧激情。

为了攀登就要付出代价，
为了登顶就要做出牺牲，
这就是正确的人生观，
这就是王者的座右铭。

别人在玩灯红酒绿，
我们在这里熬夜点灯，
别人在跳轻歌曼舞，
我们在这里工作不停。

我们要向拼搏者学习，
我们要向攀登者致敬，
我们要走正确的人生道路，
我们就能实现辉煌的憧憬。

（完）

二零二零年八月三十一日上午十一时作于北京皇城根下。

《秋日乐》

范爱军

天高气爽白云绵，
青山绿水风拂面。
瓜果梨桃香满园，
莺歌燕舞庆丰年。
长空万里雁归南，
排成人字双翅展。
金秋时节花鲜艳，
神州大地聚神仙。

（**完**）

二零二零年九月一日上午十时作于北京皇城根下。

《蒲公英辞》

范爱军

金秋送爽夜赋诗，
蒲公英花第一枝。
浑身是宝皆能用，
消炎去火正当时。
众花仙里堪称后，
种飘原野四方植。
只把根叶入沸水，
化作茶汤润腹知。

（完）

二零二零年九月十四日上午十时作于北京皇城根下。

《秋雨中的诗意》

范爱军

秋分的金色季节里，
小雨下得浠浠沥沥，
早晨的清风有一些凉，
给人们带来了一丝寒意。

树叶正在慢慢的脱落，
花草沾满了晶莹的水滴，
虽然显示了炎热的退却，
人们也领略了丰收的气息。

没有雨水的降临，
哪里看得到彩虹的绮丽，
没有雨水的浸入，
哪里会有生机勃勃的士地。

秋风吹拂着细雨，
敲打着潮湿的门窗，

仿佛是在告诉人们，
天凉了别忘记添衣。

我爱秋雨的脉脉含情，
更爱秋雨的池塘涟漪，
我爱秋雨的殷实丰厚，
更爱秋雨的漫天轻袭。

寻一缕秋雨中触发的灵感，
看一抹秋雨后的灿烂晨曦，
写一首发自内心的小诗，
走一路风光无限的香泥。

泡上一杯热茶，
闻一闻扑鼻的香气，
掸一掸身上的征尘，
写一篇青春年少的回忆。

秋虫们钻进了泥土准备冬眠，
侯鸟们展开翅膀开始迁徙，
银杏树飘洒着金黄的落叶，

青松翠柏依然高昂的挺立。

脑海里浮现了村寨里的袅袅炊烟，
睡梦里看到了江河上的激流湍急。
春夏秋冬又过了一个轮迴，
星移斗转又走了光年万里。

我爱秋雨的如烟似雾，
我爱秋雨的漫步成溪，
秋雨滋润了世间万物，
秋雨洗净了山石沙砾。

看着窗外的秋雨，
唤醒了人们朦胧的迷离，
感恩大自然的赐福，
珍惜胸怀敞亮的神奇。

（**完**）

二零二零年九月二十四日早十时作于北京皇城根下。

《聚友乐》

范爱军

银锭桥下碧水清，
好友见面喜相逢，
往日见字不见人，
今朝得看君真影，
秋高气爽烟袋斜，
远眺西山景清莹，
鼓楼高耸映旭日，
举杯同乐迎国庆。

（**完**）

二零二零年九月二十五日上午十时作于银锭桥畔。

《父亲赞》

（藏头诗）

范爱军

父亲撑起一片天，
爱妻护子用双肩，
如牛耕地向前走，
山路崎岖几道弯？
永不言败去吃苦，
挑起远航这船帆，
重任在肩不松懈，
担当义务要登攀。

奋力工作勤奉献，
勇猛顽强毅志坚，
拼杀疆场为胜利，
搏击事业折桂先，
守卫荣誉英雄气，
望到白头终未闲，
家中立有顶梁柱，

园花方可更鲜艳。

（完）

二零二零年六月二十一日（父亲节）早八时作于北京皇城根下。每句的第一个字连起来就是："父爱如山永挑重担，奋勇拼搏守卫家园。"

《北京，我最爱的故乡》

范爱军

北京，我的故乡，
沧茫的渤海湾是你的胸怀，
巍峨的大燕山是你的屏障，
你有潭柘寺的清泉，
你有周口店的洞藏，
啊，古老的北京，
不论我走到哪里，
你都是我心中最爱的故乡。

北京，我的故乡，
神奇的中轴线是你的脉搏，
雄伟的长安街是你的翅膀，
你有纪念碑的庄严，
你有中南海的灯光，
啊，伟大的北京，
不论我走到哪里，
你都是我心中最爱的故乡。

北京，我的故乡，
高耸的八达岭是好汉的像征，
喷涌的白浮泉是运河的柔肠，
你有皇家园林的尊贵，
你有见证历史的沧桑，
啊，光荣的北京，
不论我走到哪里，
你都是我心中最爱的故乡。

北京，我的故乡，
高高的正阳门是儿时的记忆，
幽幽的十刹海是夏日的泳场，

你有杨柳树上的鸟窝，
你有荷塘蜻蜓的飞翔，
啊，亲爱的北京，
不论我走到哪里，
你都是我心中最爱的故乡。

北京，我的故乡，
精美的艺术品是你的匠心，
喷香的小风味是你的品尝，
你有景泰蓝的典雅，
你有酸豆汁的声望，
啊，醇朴的北京，
不论我走到哪里，
你都是我心中最爱的故乡。

北京，我的故乡，
五四的新青年是民主和科学，
建国的礼炮声是胜利的乐章，
你有芦沟晓月的乡愁，
你有改革开放的铿锵，
啊，崛起的北京，

不论我走到哪里，

你都是我心中最爱的故乡。

（完）

二零二零年六月二十日十一时作于北京皇城根下。

《爱你都在我心里》

范爱军

月亮高高的升起，

你来到了我的心里，

你是那样的温柔，

你是那样的美丽，

你的眼睛会说话，

你的身材很飘逸，

我爱你啊，我爱你，

就像心里着了迷，

我爱你啊，我爱你，

月光如水起涟漪，

愿你知道我心意，
爱你都在我心里，
眼望明月心潮涌，
爱你都在我心里。

微风轻轻的吹起，
你来到了我的心里，
你是那样的刚强，
你是那样的帅气，
你的胸膛很宽阔，
你的肩膀很有力，
我爱你啊，我爱你，
就像大树参天地，
我爱你啊，我爱你，
就像清风绕战旗，
愿你懂得我心意，
爱你都在我心里，
清风拂面心潮涌，
爱你都在我心里。

（**完**）

二零一二年六月十九日十一时作于北京皇城根下。

《雪花赋》

范爱军

晶莹瑞雪纷纷下，
枝头挂满白白花，
春风拂面身凉爽，
心扉顿开似春芽，
虽然前路雾霾重，
望眼遥见翠芳华，
大地初润万物苏，
神州定会满天霞。

（完）

二零二零年二月二日上午九时三十分作于北京皇城根下。

《元旦抒怀》

范爱军

东方天际鱼肚白，
地平线上霞光彩，
启明星亮照九州，
破晓清风拂面来，
寒冬劲摧物凋零，
春意渐显待花开，
喜迎元旦又伊始，
万象更新欲抒怀，
回首往事志不衰，
峥嵘岁月涛声骇，
千磨万击英雄气，
铁血忠魂情豪迈，
扬鞭跃马剑锋指，
搭弓引箭射虎豺，
任重道远旗飞扬，
力挽狂澜腾四海。

（**完**）

二零一九年十二月二十七日清晨七时作于皇城根下。

《雪花谣》

范爱军

雪花飘，雪花飘，
忽忽悠悠落九霄，
净化空气人欢喜，
树木笑饮在枝条。

雪花闹，雪花闹，
朵朵片片自逍遥，
银装素裹如梦境，
诗词歌赋齐称道，

雪花笑，雪花笑，
清清爽爽真奇妙，
滋润万物深根里，
来年更看花繁茂。

雪花淘，雪花淘，
纷纷扬扬随处摇，

嬉戏世间怕冷人，
雪景树挂更妖娆。

（完）

二零一九年十二月十六日中午作于皇城根下雪中。

《月光赋》

范爱军

皓月如轮夜空悬，
银光荡漾映苍天，
每每十五人团聚，
个个婵娟玉如盘，
古来文人爱咏月，
月亮从未写人间，
多少真爱寄明月，
明月知情红线牵。

（完）

二零一九年十二月十一日晚二十时二十分作于皇城根下。

《我心中萦绕的缕缕乡愁》

范爱军

乡愁是高高耸立的东直门城楼，
乡愁是护城河岸边放牛的老头，
乡愁是爷爷手里的那杆烟袋锅，
乡愁是奶奶做的贴饼子窝窝头，
乡愁是爸爸每天喝的二两小酒，
乡愁是妈妈夜晚缝衣时的咳嗽，
乡愁是爸爸工作用的那把改锥，
乡愁是妈妈干活戴的那双套袖，
乡愁是年三十晚上的尽情玩耍，
乡愁是拜年时把瓜子装满裤兜，
乡愁是夏天里能吃一碗炸酱面，
乡愁是冬天里能吃一顿红烧肉，
乡愁是夏天到什刹海游几次泳，
乡愁是冬天在被窝里焐块石头，
乡愁是每年过中秋节时的月饼，
乡愁是每年过腊八时的杂粮粥，
乡愁是孩童放学后的满地疯跑，

乡愁是在课堂上走神时的开溜，
乡愁是在小雨中打着雨伞淌水，
乡愁是在雪地上滚出一个雪球，
乡愁是听惯了鸽子飞翔的哨音，
乡愁是看惯了在墙上爬的蜗牛，
乡愁是去少年宫看一场故事片，
乡愁是去颐和园来一次划船游，
乡愁是爸爸给我做的木头手枪，
乡愁是妈妈给我缝的衣服纽扣，
乡愁是那历历在目的儿时记忆，
乡愁是那渐渐淡忘的昨日奔走，
乡愁是宝贵的时光在快速流逝，
乡愁是青春的芳华被后人接手，
乡愁是火热的激情已不如当年，
乡愁是以往的辉煌已尘封数秋，
乡愁是我们的脚步已有些缓慢，
乡愁是我们的思绪已开始怀旧，
乡愁是不断回味起土豆和黄瓜，
乡愁是曾经捕捉过小鱼和泥鳅，
乡愁是我们都无法回避的现实，
乡愁是我们必须要面对的退休，

乡愁是我难以忘怀的魂牵梦绕，
乡愁是我心里的一条奔腾河流。

（完）

二零一九年十二月八日晚作于皇城根下。

《游鼓浪屿》

范爱军

玲珑宝屿赛神山，
明珠一颗金光闪，
绿树成荫花繁茂，
碧浪击石涛震天，
曲径通幽景色美，
宁静致远心自闲，
北有蓬莱八仙聚，
南看鼓浪客非凡，
郑成功立向苍天，
七下西洋复台湾，

鸦片战争国受辱，
外夷旗插领事馆，
一盘散沙今不在，
雄狮怒吼睁睡眼，
不忘国耻曾泣血，
振兴中华破楼兰。

（完）

二零一九年十二月五日晨作于厦门爱屋吉屋宾馆 303 房间。

《厦门岛印像》

范爱军

一弯银月在天空上闪亮，
夜风吹来了大海的苍凉，
初冬的厦门乍寒还暖，
人们依然穿着靓丽的衣装，
跨海的大桥上车辆川流不息，
就像城市的脉搏在有力的扩张，

厦门是一座新崛起的城市，
厦门是改革开放的榜样，
总设计师催生了厦门的命运，
自贸区的建立加大了厦门的启航力量，
中国特色为厦门的发展指明了道路，
一带一路为厦门的腾飞插上了翅膀，
美丽的厦门岛，
早已是今非昔比，
年青的厦门岛，
早已是志在四方，
走在厦门的跨海大桥上，
你会感到奇美无比，
站在大海岸边的沙滩上，
你会看到七彩虹光，
厦门的美是神奇的美，
充满了迷人的魅力，
厦门的美是质朴的美，
就像是恋人的胸膛，
来厦门吧，
这里有许多美好的故事，
可以为你解忧，

来厦门吧，
这里有许多神奇的传说，
可以使人欢畅，
不论您是来自西域，
或者您是来自北疆，
都会被这里的热情所吸引，
都会被这里的纯朴所感应，
站在大海的岸边，
眺望着金门岛上的茫茫夜色，
登上鼓浪屿的礁石，
倾听那游子归乡时的踏浪，
厦门岛啊，厦门岛，
你给了游客们美好的记忆，
厦门岛啊，厦门岛，
你给了游客们无限的暇想，
厦门岛啊，厦门岛，
看到你那满城的万家灯火，
使人感到了人间的幸福美好，
厦门岛啊，厦门岛，
走进你那碎石铺垫的小巷，
就会使人回归到遥远的故乡，

这里有闽南人的憧憬，
这是有众华侨的期望，
这里有复兴圆梦的理想，
厦门啊，厦门，
我要为你抒怀，
厦门啊，厦门，
我要为你歌唱，
厦门啊，厦门，
你就像是一颗熣灿的新星，
在空中冉冉升起，
发出了万丈的光芒，
厦门啊，厦门，
我爱你的生机勃勃，
我爱你的花果飘香，
你那美好的印象永远的，
留在了我的心房，
再见，美丽的厦门岛，
再见，我心中美好的印象。

（**完**）

二零一九年十二月四日凌晨一时作于厦门。

《月下偶得》

范爱军

人生如梦岁如歌，
日月星辰光闪烁。
风霜雨雪多磨砺，
山呼海啸更嵯沱。
古城沧桑拔地起，
雄关耸立显巍峨。
壮志欲酬催战马，
挥毫蘸血画山河。

（完）

二零二零年九月二十七日二十时作于皇城根下。

《月色美》

范爱军

明月当空星少稀，
白云笼罩似纱衣。
中秋时节花鲜艳，
谈诗论赋思万里。
古来乡愁多悲切，
今朝盛世喜相依，
神州大地银光泻，
万家灯火终不熄。

（完）

二零二零年十月一日国庆，中秋双节之夜二十二时作于北京皇城根下。

《人生不要留遗憾》

范爱军

春天里播种草绿花鲜，
夏天里撑起遮阳旱伞。
秋天里收获五谷丰登，
冬天里踏破银白雪原。

白天里远眺满天彩霞，
黑夜里寻览星光灿烂。
寒冷时点燃一炉旺火，
炎热时轻摇丹青折扇。

轻风里拉住沙燕风筝，
细雨里划动乌棚小船。
书桌上慢饮香茗热茶，
藤萝下吟诵古今诗篇。

青山中追寻仙风道骨，
绿水上探索生机盎然。

林涛里倾听返朴归真，
云海里领略天上人间。

故乡里笑谈儿时记忆，
老屋前拍下几张照片。
水车旁依旧旋转不停，
槐树下传来牧笛委惋。

大海边堆塑沙雕城堡，
森林里砍出小路弯弯。
高山上放飞美好梦想，
草原上骑得骏马凯旋。

小桥上观赏一轮明月，
庭院里种上一个花坛。
月光下思念远方挚友，
情感里荡漾涟漪不断。

腾飞中扶摇冲天翅膀，
拼搏中施展惊人才干。
学习中读懂人生哲理，

游历中增添爱国体验。

工作上坚持只争朝夕，
生活上保持低调勤俭。
理想上不忘初心使命，
行动上做好先锋模范。

朋友间做到真诚相待，
同事间互相支持点赞。
邻里间保持合睦相处，
路人间说声您好再见。

战友间保持情同手足，
同学间做到长久思念。
知音间都是红颜蓝姬，
亲人间永远血脉相连。

歌声里抒发志存高远，
舞姿里展示心情浪漫。

丰碑上书写激扬文字，
征途上指点万里江山。

（完）

二零二零年十月四日十时作于北京皇城根下。

《人生与时光》

范爱军

我们用双脚走过了山高水长，
我们用双肩扛住了雨雪风霜。
我们用坚韧开创了腾飞的道路，
我们用智慧谱写了多彩的华章。

日月星辰陪伴我们遨游宇宙，
春夏秋冬带领我们轮回绽放。
沟沟坎坎摔打了我们的筋骨，
风风雨雨洗涤了我们的戎装。

千钧之力留不住一丝的光阴，
万马奔腾追不上半日的花香。
滔滔的黄河流出了中华文明，
巍巍的泰山耸立了亘古沧桑。

钻木取火展示了人类的才能，
滴水穿石表露了自然的力量。
百折不挠是走向成功的天梯，
持之以恒是取得胜利的桥梁。

每一天都是历史长河的浪花，
每一秒都是浩瀚时空的光芒。
短暂的人生只是森林的昙花一现，
永恒的存在更是虚幻的气泡梦想。

盘古开天辟地诞生了世间万物，
三皇五帝君临昭告了天圆地方。
孔孟之道缔造了中华的传统文化，
诸子百家传播了炎黄子孙的芬芳。

人生就是在真理中的追求探索，

人生就是在星海里的远渡重洋。
人生就是勇敢顽强的时空穿越，
人生就是拼搏开拓的能量释放。

人生就是游子回到久别的故乡，
人生就是访客肩上背挎的行囊。
人生让我们懂得了善良和邪恶，
人生让我们看到了地狱和天堂。

人生教会了我们的责任和义务，
人生锤炼了我们的意志和担当。
人生培养了我们的善良和爱心，
人生铸造了我们的精彩和辉煌。

人生就是要活得龙腾虎跃，
人生就是要活得威震八方。
人生就是要活得无怨无悔，
人生就是要活得风流倜傥。

人生既要陷得了低谷，
也要冲得了巨浪。

人生既要吃得了苦累，
也要耐得了迷茫。

人生既要记得住乡愁，
也要去得了远方。
人生既要享得了豪华，
也要受得了蛮荒。

是铁就要打成一把铧犁，
是草就要长出沃野茫茫。
是水就要滋润世间万物，
是山就要扛起擎天臂膀。

人生要成得了千秋霸业，
也要做得了布衣工匠。
人生要唱得了下里巴人，
也要写得了锦绣文章。

人生要经得了诋毁，
也要谈泊了褒奖。
人生要护得了花草，

也要打得了豺狼。

人生要参得透婆娑，
也要能看得清方向。
人生要放得下小我，
也要能学大德高尚。

我们要珍惜人生的宝贵时光，
去播种世界上最美好的希望。
我们要把握人生的短暂登场，
去酿造生活里最醇厚的琼浆。

（**完**）

二零二零年十月十八日十八时作于北京皇城根下。

《薰衣草赋》

范爱军

薰衣草美色光鲜，
紫气萦绕诗人赞。
预防哮喘抗过敏，
安神入睡梦中眠。
纤纤宝花婀娜立，
脉脉深情爱意绵。
香昧扑鼻心舒畅，
芳名沁史永流传。

（完）

二零二零年十月二十一日（本人生辰）十八时作于北京皇城根下。

《百合花醉》

范爱军

古今花里谁称魁？
寓意丰富品格魅。
百年好合含爱意，
心想事成祝福随。
高贵典雅色彩多，
神秘孤傲真善美。
诅咒邪恶显正义，
执着喜悦香昧回。

（完）

二零二零年十月二十二日十四时作于北京皇城根下。

《写诗的畅想》

范爱军

写诗是一种冲动，
写诗是一种畅想。
写诗是一种责任，
写诗是一种担当。
流出笔端的是心血，
落在纸上的是情商。

写诗是一种修行，
写诗是一种教养。
写诗是一种激情，
写诗是一种昂扬。
吟在口中的是探索，
响在耳边的是衷肠。

写诗是一种豪迈，
写诗是一种坚强。
写诗是一种执着，

写诗是一种志向。
带给人们的是欢乐，
送给世界的是阳光。

写诗是一种超脱，
写诗是一种力量。
写诗是一种释然，
写诗是一种时尚。
告诉攀登者要挺住，
鼓励航行者要死扛。

写诗是一种享受，
写诗是一种碰撞。
写诗是一种积淀，
写诗是一种偾张。
把迷茫者拉出地狱，
帮智慧者送往天堂。

写诗是一种义务，
写诗是一种荡漾。
写诗是一种淬火，:

写诗是一种想像。
拯救出柔弱的心灵，
安抚好失落的创伤。

写诗是一种励志，
写诗是一种冲浪。
写诗是一种打拼，
写诗是一种奔放。
像江河入海一样美，
像万马奔腾一样响。

写诗是一种穿越，
写诗是一种飞翔。
写诗是一种生活，
写诗是一胖向往。
喝口清纯的菊花茶，
品读悠久的诗书长。

写诗是一种享受，
写诗是一种光亮。
写诗是一种投入，

写诗是一种期望。
记在心上的是绝句，
抛在路边的是徬徨。

写诗是一种快乐，
写诗是一种翅膀。
写诗是一种升华，
写诗是一种开朗。
指给人的美好前途，
带来人的精神食粮。

写诗是一种志愿，
写诗是一种宝藏。
写诗是一种高雅，
写诗是一种远方。
喊出中国人的心声，
挺起中国人的脊梁。

写诗是一种心态，
写诗是一种信仰。
写诗是一种无畏，

写诗是一种善良。

这就是诗人的意境，

这就是诗人的梦乡。

（完）

二零二零年十月二十二日十八时作于北京皇城根下。

《重阳节赋》

范爱军

九九重阳辉满天，

岁岁叠福爱如泉。

源远流长看中华，

根深叶茂五千年。

感恩炎黄赐热血，

叩谢尧舜祭祖先。

千磨万击英魂在，

屹立东方只等闲。

长城万里舞翩跹，

黄河奔涌泛金澜。

尊老爱幼好家风，

圣贤美德代代传。

承前启后登高望，

继往开来诗意绵

不忘初心策战马，

牢记使命破楼兰。

（**完**）

二零二零年十月二十五日重阳节早八时作于北京皇城根下。

《值班寄情》

范爱军

日月同辉挂苍天，

初冬时节气候寒。

风吹落叶要归根，

心有明灯热血燃。

老兵上岗来值守，

犹如当年戍边关。

赋诗一首抒情怀，

发挥余热心自安。

（完）

二零二零年十一月六日早八时作于北京皇城根下东城后永康胡同12号垃圾分类值守岗。

《拉住你的手》

范爱军

拉住你的手，

我们一起走，

不怕风来不怕雨，

撑起雨伞防雨骤。

拉住你的手，

我们一起走，

不怕坎坷不怕苦，
同心协力无忧愁。

拉住你的手，
我们一起走，
不怕病来不怕灾，
战胜困难乐不休。

拉住你的手，
我们一起走，
不怕缺衣又少食，
互相扶持岁月久。

拉住你的手，
我们一起走，
白天同吃一锅饭，
夜晚共在梦乡游。

拉住你的手，
我们一起走，
海边共踏沙滩浪，

林荫道旁拂翠柳。

拉住你的手，
我们一起走，
高山顶上眺远方，
辽阔草原放歌喉。

拉住你的手，
我们一起走，
看了一场流星雨，
喝了一碗八宝粥。

拉住你的手，
我们一起走，
走进过炊烟袅袅，
回忆过往事悠悠。

拉住你的手，
我们一起走，
我们永远不分开，
我们永远是朋友。

拉住你的手，
我们一起走，
我们努力攀高峰，
我们笑饮庆功酒。

拉住你的手，
我们一起走，
听一场古典音乐，
走一次大漠沙丘。

拉住你的手，
我们一起走，
写一首千古绝唱，
守一次烽火敌楼。

拉住你的手，
我们一起走，
看一看大江大河，
坐一坐小船小舟。

拉住你的手，
我们一起走，
游历那白山黑水，
欣赏那版纳激流。

拉住你的手，
我们一起走，
赞美过泰山日出，
领略过雪域星斗。

拉住你的手，
我们一起走，
升起远航的风帆，
架起垂钓的鱼勾。

拉住你的手，
我们一起走，
寻找真挚的情感，
追求炽爱的自由。

拉住你的手，

我们一起走，
播种春天的希望，
喜获秋天的丰收。

拉住你的手，
我们一起走，
架起七彩的长虹，
织出万里的锦绣。

拉住你的手，
我们一起走，
抒怀笔耕常励志，
赞美中华不停口。

拉住你的手，
我们一起走，
虽然海枯石可烂，
我心依旧长相守。

（**完**）

二零二零年十一月六日十六时作于北京皇城根下。

《无题》

范爱军

风吹叶落地满黄，
月向人间洒辉煌，
昨夜小雨送深秋，
今天变暖又还阳，
沧海桑田复再始，
星移斗转现吉祥，
寒冬万物长入睡，
静候来年百花香。

（完）

二零一九年十一月十日作于皇城根下。

《梦幻北极光》

范爱军

我在梦里见到了北极的光，
实现了我难以企及的梦想，
那翩翩起舞的北极光，
既像是麦田里的金色芳香，
又像是大海中的碧波翠浪，
那一簇簇闪烁的五彩光团，
就像是皇宫里的珠宝闪亮，
忽上忽下，忽左忽右，
游游走走，飘飘荡荡，
气势磅礴的北极光啊，
排山倒海的北极光，
万紫千红的北极光啊，
云卷云舒的北极光，
这些绚丽多彩的天外来客，
像仙女一样走进了我的梦乡，
北极光啊，北极光，
你是鬼斧神工的杰作，

北极光啊，北极光，
你是天造地设的精典之王，
无奇可以比拟啊，
无异可以成双，
北极的光啊，北极的光，
你有让人着迷的身姿，
你有使人震撼的奔放，
让我魂牵梦绕啊，
让我充满了幻想，
你给地球带来了宇宙的问候，
你给人类送来了外星的造访，
北极的光啊，北极光，
你让我看到了冥冥之中的意境，
你让我看到了苍穹上面的荡漾，
北极的光啊，北极光，
你是大自然诞生的浪漫，
你是太阳风制造的能量，
北极的光啊，北极光，
你给地球注入了无以伦比的电能，
你给人类带来了无穷无尽的遐想，
神奇的北极光是那样的调皮好动，

闪烁的北极光是那样的灿烂辉煌，
在这五彩缤纷的笼罩下，
你会产生一种巨大的冲动，
在这绝世盛景的感染中，
你的心境能得到愉悦的释放，
我不是超凡脱俗的仁人智者，
我只是大千世界的水流沙响，
我爱你啊，北极光，
我想拥抱你啊，
你这精灵活泼的北极光，
北极光啊，北极光，
你的壮观让人们大开了眼界，
你的爆发来自万亿电子的碰撞，
你让人类不由自主的深感惊叹，
你让人类开启了光的奥秘之窗，
不愿醒啊，不愿醒，
我想拉住那双闪光的绿色翅膀，
不愿醒啊，不愿醒，
那里的时空充满了快乐和吉祥，
不愿醒啊，不愿醒，
那里是一个神灵欢聚的宝地天堂，

不愿醒啊，不愿醒，

那是一个净化心灵的浩瀚海洋，

不愿醒啊，不愿醒，

那是一个让理想升华的神圣道场，

不愿醒啊，不愿醒

我想生活在那个充满梦幻的地方。

（**完**）

二零一九年十一月九日凌晨零时作于皇城根下。

《感悟太液池》

范爱军

秋风让垂柳感到了萧瑟，

太液池荡漾着清澈的碧波，

白塔的倒影在水面上浮动，

游船发出了自由自在的欢乐，

昔日的皇家园林没有了以前的森严，

高大的红墙黄瓦诉说着历史的变革，

仙人承露依然执着的托举着石盘，
琼岛春荫的石碑展示着美丽的景色，
站在这鱼游浅底的太液池旁，
尽情的领略古代匠人的技艺渊博，
从天空鸟瞰这一池太阳的泪水，
惋如就是镶在古城大地上的绿宝一颗，
在太阳的照耀下发出了绚丽的光芒，
为北京增添了无以伦比的神奇传说，
太液池是灵动的化身，
她的灵动给古老的北京增加了谐和，
太液池是上天的恩赐，
天的恩赐给多福的宝地涌动了脉搏，
太液弛的美是尊贵的美，
这里曾是帝王将相专属的场所，
太液池的美是智慧的美，
这里的一切无不倾注了劳动人民的气魄，
野鸭成群结队的在水上嬉戏，
鸳鸯成双成对的在水上追逐，
翠绿的荷叶上滚动着颗颗露珠，
粉红的荷花上招来了蜻蜓的起落，
恋爱的年轻人划着小船谈兴正浓，

休闲的旅游者拍下了鲜艳的花朵，
太液池的昼美得让人陶醉留恋，
太液池的夜美得使人进入天国，
她让舞者不由自主的翩翩起舞，
她让诗人情不自禁的挥洒笔墨，
太液池是古老北京的金牌名片，
太液池是老北京人的精神寄托，
太液池是历史悠久的艺术瑰宝，
太液池是灿烂辉煌的天姿国色，
我爱你啊，太液池的神韵，
我爱你啊，梦幻一样的太液秋波，
我爱你啊，太液池的朦胧，
我爱你啊，文化与艺术的结晶，
我爱你啊，太液池的激情，
我爱你啊，中华传统的经典之作，
我要为你抒发心中的眷恋，
我要为你写上一首赞美的诗歌。

（**完**）

二零一九年十一月三日作于皇城根下。

《秋雨吟》

范爱军

秋雨淅沥夜打窗，
寒风入户身感凉，
满地落叶枝鸟语，
冬天脚步在路旁，
远眺群山雾浓厚，
心欲放晴笔耕忙，
虽然身已沐黄昏，
壮志仍比少年郎。

（完）

二零一九年十一月三日作于皇城根下。

《银杏赋》

范爱军

秋风送爽树乱黄，
落叶飘舞放金光，
景色优美惹人爱，
银杏名飞四海扬，
公孙树复称白果，
活化石悠历史长，
观赏之余能入药，
实乃树中一贤王。

（**完**）

二零一九年十一月三日作于皇城根下。

看《我和我的祖国》有感

范爱军

五星红旗迎风飘，
义勇军曲歌声嘹，
东方红透太阳升，
中国人民乐诗涛，

东方巨响世听诏，
挺起脊梁齐欢笑，
中国地位从此立，
华夏崛起多自豪，

女排三连冠全球，
为国争光是天娇，
奋勇拼搏争国威，
奖牌闪烁金光耀，

神舟飞船上九霄，
航天英雄传捷报，

遨游太空追梦想，
炎黄始祖喝彩妙，

九十阅兵士气高，
全军将士朝天啸，
铁血军魂承遗志，
保家卫国战鼓敲，

奥运圣火向天烧，
体育健儿花枝俏，
你追我感争上游，
国旗升起心如潮，

一国两制决策好，
香港回归史作标，
华夏欢腾翩翩舞，
游子泪奔拥娘抱，

建国七十迎华诞，
莺歌燕舞鸣礼炮，

不忘初心跟党走，
牢记使命铁肩挑。

（完）

二零一九年十月三十日作于皇城根下。

《观彩车》

范爱军

秋高气爽天湛蓝，
艳阳高照暖心间，
喜看彩车忙拍照，
七十华诞在眼前，
重温建国创伟业，
五星红旗迎风展，
牢记使命跟党走，
不忘初心扛铁肩。

（完）

二零一九年十月二十五日作于朝阳体育公园。

《焰火赋》

范爱军

七十周年国庆节，
喜从天降笑复迭，
人民万岁照夜空，
布衣变成皇帝爷，
秋风送爽心欢畅，
硕果飘香听报捷，
祝愿中华早复兴，
圆梦之时诉情结。

（**完**）

二零一九年十月九日作于皇城根下。

《谷雨抒怀》

范爱军

谷雨如约自天袭，
滋润万物洗绿衣，
愁情舒展窗前坐，
香茶一杯沁肺脾，
抬头仰望云破处，
湛蓝欲出心惬怡，
但愿碧空彩虹现，
神州锦绣尧舜吉。

（**完**）

二零二零年四月十九日谷雨二十时作于北京皇城根下。

《老兵赞》

范爱军

风吹纸乱翻，
树摇帐欲摧，
老兵志犹烈，
潇洒走一回，
任尔狂肆虐，
吾立如钢锥，
牢记使命在，
初心耀党徽。

（**完**）

二零二零年四月二十一日十四时作于北京皇城根下。

《绽放你的光彩》

范爱军

假如你是一条奔腾的江河，
请荡漾出你那向前的澎湃，
假如你是一片巍峨的群山，
请挺立起你那雄伟的脊脉，
假如你是一朵艳丽的鲜花，
请绽放出你那迷人的风彩，
假如你是一棵参天的松树，
请显露出你那雪后的气慨，
假如你是一阵悠扬的清风，
请吹拂掉人们征程的尘埃，
假如你是一轮皎洁的明月，
请照亮夜路上的坑洼障碍，
假如你是一位负责的头领，
请主动的走在工作的前排，
假如你是一面光荣的党旗，
请舒缓的飘扬在城乡村寨，
假如你是一座报时的大钟，

请精准的调整走时的钟摆，
假如你是一位书法的学者，
请恭敬的写好中华的正楷，
假如你是一位艺术的工匠，
请持久的打磨好中国品牌，
假如你是一位辛勤的农民，
请仔细的消除五谷的公害，
假如你是一位戍边的军人，
请坚定的把守主权的关隘，
假如你是一位忠诚的园丁，
请精心的培育祖国的未来，
假如你是一位莘莘的学子，
请勇敢的攀登科学的高台，
假如你是一位握笔的诗人，
请抒发出激励时代的情怀，
假如你是一颗普通的种子，
请萌发出秋天丰收的期待，
假如你是一朵银色的白云，
请遮挡住烈日对人的暴晒，
假如你是一位战斗的英雄，
请自豪的把事迹讲述明白，

假如你是一位人民的功臣，
请骄傲的把奖状挂在前宅，
假如你是一根擎天的玉柱，
请巍然的屹立无尽的豪迈，
假如你是一块珍贵的钻石，
请及时的闪烁耀眼的光彩。

（**完**）

二零二零年四月十八日下午四时作于北京皇城根下。

《读书日赋》

范爱军

好书名著是国宝，
教诲众生真正好，
伦理道德讲深入，
科学文明花枝俏，
中华大地礼仪邦，
文豪巨匠星闪耀，

一书在手心愉悦，

万种情怀如涌潮。

（完）

二零二零年四月二十三日晚二十一时作于北京皇城根下。

《夜雨小赋》

范爱军

夜雨潇潇洗京城，

微风阵阵催人醒，

云层渐开天将晓，

花鲜叶绿草碧青，

最爱窗前坐品茶，

灵感如泉笔如风，

笑对生活展雄才，

勇攀绝顶抒豪情。

（完）

二零二零年五月八日上午九时三十分作于北京皇城根下。

《幽州朗月歌》

范爱军

幽州朗月寄乡愁，
皓玉如盘照渔舟，
仰望苍穹暗思忖，
君在何方拂翠柳，
莫让时光付水流，
豪情不改写春秋，
喜逢盛世精神爽，
残阳虽落晚霞留，

凤凰涅槃为重生，
浴火之后向琼楼，
人生苦短应笑对，
觥筹交错三万篓，
往事烟消浮云散，
星移斗转志更酬，
鲲鹏展翅云天外，
玉皇宫里舞长袖。

（完）

二零二零年五月九日早九时作于北京皇城根下。

《母亲颂》

范爱军

母爱如水波浪翻，
滋润儿女在心田，
九月怀胎受尽苦，
分娩又到鬼门关，
含辛茹苦不抱怨，
风吹雨打自承担，
孝顺古来是天条，
莫把德行忘一边。

遥望苍穹星光闪，
那是母亲在眨眼，
音容笑貌依然美，
回首往事泪如泉，
劝君多陪老人家，
莫等离别悔不堪，
精神抚慰最稀缺，
聊天说话赛金钱。

（完）

二零二零年五月十日（母亲节）早八时作于北京皇城根下。

《我有一个愿望》

范爱军

我有一个愿望，
站在那巍峨的珠峰上，
向着蓝天，
向着白云，
向着那初升的大阳，
骄傲的朗诵着，
豪情万丈的诗章。

我有一个愿望，
站在那美丽的沙滩上，
向着大海，
向着帆船，
向着那翻涌的波浪，
放声的歌唱着，
海鸥自由的飞翔。

我有一个愿望，

站在这崇高的讲台上，
向着读者，
向着听众，
向着那眼中的想往，
郑重的讲述着，
激情燃烧的梦想。

我有一个愿望，
站在这平坦的大路上，
向着未来，
向着霞光，
向着那绚丽的远方，
热烈的奔向那，
莺歌燕舞的小康。

我有一个愿望，
站在那碧绿的田野上，
向着晨星，
向着东方，
向着那拂晓的月亮，
用力的搧动起，

扶摇万里的翅膀。

我有一个愿望，
站在那训练的操场上，
向着障碍，
向着木桥，
向着那翻越的高墙，
重新的紧握起，
保家卫国的钢枪。

我有一个愿望，
站在那遨游的神舟上，
向着地球，
向着太空，
向着那失重的飘荡，
轻盈的拍摄着，
飞船外面的景象。

我有一个愿望，
站在那蛟龙的潜艇上，
向着海底，

向着未知，

向着那无尽的宝藏，

快乐的拜访着，

四海龙王的故乡。

我有一个愿望，

站在那绿色的球场上，

向着对手，

向着奖杯，

向着那激烈的拼抢，

奋力的奔跑着，

怒射对方的球网。

我有一个愿望，

站在那航母的甲板上，

向着主权，

向着五洲，

向着那深蓝的海洋，

勇猛的航行着，

打出军威的辉煌。

我有一个愿望，
站在这幽香的花坛上，
向着绿叶，
向着鲜花，
向着那迷人的芬芳，
由衷的赞美着，
幸福生活的吉祥。

我有一个愿望，
站在那雄伟的广场上，
向着国旗，
向着城楼，
向着那晨风的清凉，
庄严的高唱着，
中华民族的铿锵。

（**完**）

二零一九年十二月十六日零时十分作于皇城根下。

《喜迎落日》

范爱军

夕阳带着红晕落下了山峦，
明月闪着银光升上了天河，
白天有白天的美好，
夜晚有夜晚的快乐，
人不可能长生不老，
花不可能永远鲜活，
我们在白天能开创，
我们在夜晚能工作，
让我们挥手告别黄昏，
转换频道接听新的广播，
让我们沐浴明媚月光，
调整心态拥抱夜的生活，
我们都是宇宙的游子，
我们都是地球的过客，
离开地球我们的驿站，
回归我们来时的故国，
这里没有永远的相聚，

这里只有永远的婆娑，
让我们化作颗颗恒星，
组成一个熣灿的星座。

（完）

二零一九年十月二十八日凌晨零时十分作于北京皇城根下。

《中国就是我的灵魂》

范爱军

假如我是一首激情的诗篇，
中国就是我心中永恒的魂，
假如我是一颗播下的种子，
中国就是我赖以生存的春，
假如我是一个谱曲的音符，
中国就是我心中的最强音，
假如我是一颗太空的行星，
中国就是太阳对我的牵引，
假如我是一个浪迹的游子，

中国就是我忘不掉的感恩，
假如我是一棵参天的大树，
中国就是我在地下的树根，
假如我是一条奔腾的江河，
中国就是我冰山上的神韵，
假如我是一块普通的砖石，
中国就是辉煌万千的城镇，
假如我是一只飞翔的雄鹰，
中国就是我那勇猛的恒心，

（完）

二零一九年十月二十五日作于皇城根下。

《父亲节赋》

范爱军

父亲恩大如青山，
忍辱负重挺双肩，
吃完人生千味苦，

受尽风霜刺骨寒，
为保妻儿奉双亲，
无怨无悔流大汗，
移忠作孝是壮举，
血染沙场好儿男，
意志刚强勇担当，
跃马奔腾跨雄关，
家国天下胸中有，
五洲四海放眼环，
祝愿父亲多福乐，
擎天一柱永康健，
赋首小诗诉衷情，
高山流水要思源。

（完）

二零一九年六月十六日晨作于北京皇城根下。

《朋友，晚安！》

范爱军

天上繁星点点，
地上灯光灿烂，
夜已深沉，
轻风拂面，
朋友，好梦，
朋友，晚安！
这是我对你的祝福，
这是我对你的依恋，
忘却一天的劳累，
去追寻一个美好的梦幻，
朋友，好梦，
朋友，晚安，
让我们在五彩的梦境里愉快的相遇，
让我们在另一个世界里幸福的交谈，
朋友，好梦，
朋友，晚安，
让我们在梦境里跳舞，

让我们在欢乐里祈盼，
朋友，好梦，
朋友，晚安，
想一想我对你的友谊，
想一想我对你的思念，
你一定能走进爱的天堂，
你一定会登上情的高山，
朋友，好梦，
朋友，晚安，
你一定会找到遗失的过去，
你一定会沐浴尘封的波澜，
朋友，好梦，
朋友，晚安，
梦境里是一个神奇的万花筒，
随着心情变化出千万种图案，
你一定能够安然的进入梦乡，
你一定能登上梦幻中的客船，
朋友，好梦，
朋友，晚安，
带上心中的憧憬，
带上真诚的坦然，

走入绚丽的田野，
放飞心中的彩练，
朋友，好梦，
朋友，晚安，
不要荒费梦中的时光，
更要珍惜梦里的甘甜，
梦里的人很美，
梦中的花很艳，
梦里的情很真，
梦中的吻很绵，
朋友，好梦，
朋友，晚安，
带上我的祝福入睡，
到梦的时空里遨游，
带上我的小诗入睡，
在梦的意境里游览，
朋友，好梦，
朋友，晚安，
睡上一个好觉，
拥抱美好的明天。

（**完**）

二零一九年十二月二十日冬夜晚上二十时三十分作于皇城根下。

《黎明之歌》

范爱军

我爱黎明的银白鱼肚，
我爱黎明的阵阵清风，
我爱黎明的缕缕炊烟，
我爱黎明的犬吠鸡鸣，
我爱黎明的满怀希望，
我爱黎明的花草露凝，
我爱黎明的激情热血，
我爱黎明的天河银星，
我爱黎明的生机活力，
我爱黎明的一帘幽梦，
我爱黎明的阡陌沃野，
我爱黎明的翠绿山峰，
我爱黎明的铁肩担当，
我爱黎明的牧歌童影，
我爱黎明的风鼓白帆，
我爱黎明的戍边哨兵，
我爱黎明的城市涌动，

我爱黎明的人流奔腾，
我爱黎明的精美早茶，
我爱黎明的温馨叮咛，
我爱黎明的每条长路，
我爱黎明的灵动诗情，
我爱黎明的悠扬天籁，
我爱黎明的古朴驼铃，
我爱黎明的井台吊桶，
我爱黎明的小桥乌棚，
我爱黎明的荷塘晨雾，
我爱黎明的园榭廊亭，
我爱黎明的京杭运河，
我爱黎明的万里长城，
我爱黎明的茶马古道，
我爱黎明的高原雪景，
我爱黎明的白山黑水，
我爱黎明的南海渔翁，
我爱黎明的大漠孤烟，
我爱黎明的宝岛椰风，
我爱黎明的国旗飘舞，
我爱黎明的旭日东升。

我爱黎明的千姿百态，
我爱黎明的万种风情。

（完）

二零二零年五月二十七日早晨拂晓五时作于北京皇城根下。

《向登顶珠峰的英雄致敬》

范爱军

喜马拉雅傲苍天，
珠穆朗玛入云端，
世界屋脊寒风号，
生命禁区过雪线，
中国健儿真英雄，
钉鞋踏冰勇登攀，
誓为中华添光彩，
五星辉耀第一山。

二十七日十一点，

八位勇士登高巅，
笑看全球峰峦小，
华夏崛起云水翻，
炎黄儿女创奇迹，
凯歌奏响天地间，
不忘初心写华章，
牢记使命将日揽。

（完）

二零二零年五月二十七日十五时作于北京皇城根下。

《感恩支持我的贵人们》

范爱军

当我走在那荒凉的大戈壁里，
又渴又饿的发出了求救的呼唤，
您就像是一场畅快的甘霖，
洒落到了我的身上，
帮我滋润了那将要干枯的苦闷心田，

贵人们啊，
请接受我对您的感恩，
我送您的不是财富，
只是这一首笨拙的诗篇，
贵人们啊，
请接受我对您的礼赞！
您是我永远的好朋友，
我会把您牢牢的记在永恒心间。

当我航行在那风暴的海洋里，
又苦又痛的发出了求救的呼唤，
您就像是一根定海的神针，
给了我拼搏的斗志，
帮我稳住了颠波起伏中的那杆舵盘，
贵人们啊，
请接受我对您的感恩，
我送您的不是名利，
只是我对您真心的祝愿，
贵人们啊，
请接受我对您的礼赞，
您是我忠诚的铁朋友，

我会陪你走向光明遥远的天边。

当我孤独的走在漆黑的夜里，
又惊又怕的发出了求救的呼唤，
您就像是一位美丽的天使，
给了我真挚的爱抚，
帮我点亮了漫漫长路上的明灯一盏，
贵人们啊，
请接受我对您的感恩，
我送您的不是珠宝，
只是我对您的崇敬依恋，
贵人们啊，
请接受我对您的礼赞，
您是我热爱的知音友，
我会和您共铸灿烂辉煌的明天。

（**完**）

二零一九年十二月十四日凌晨六时作于皇城根下。

《永定河赋》

范爱军

绿水奔腾下西山，
永定名河自古传，
泥沙冲成平坦地，
元明清朝建皇园，
尊称母亲来参拜，
京城父老上香烟，
历史悠久故事多，
摇橹唱歌慢行船。

二十五年水流断，
河床干裂现石滩，
处处古迹雄风在，
件件奇闻谱新篇，
今逢盛世大崛起，
文脉长廊活力添，
月朗斌诗观鱼跃，
一路浩荡向城南。

（**完**）

二零二零年六月八日早八时作于北京皇城根下。

《人生奏鸣曲》

范爱军

看看雨，听听风，
鱼肚白里旭日升，
昨夜电闪雷又震，
星月如洗像玉明。

读读诗，寄寄情，
单人独笔伴孤灯，
文字落纸成佳句，
心中有爱自多朋。

花儿鲜，碧草青，
生机盎然芽盛萌，
春夏秋冬还复始，
度过严寒梅绽冰。

爬爬山，逛逛景，
远离喧嚣心境宁，

放松精神去散步，
生活逍遥似天庭。

唱唱歌，练练声，
红歌激扬唱不停，
浊气下降清脾胃，
清气上扬肺护灵。

喝喝茶，品品茗，
香气扑鼻贵宾迎，
日月精华几片叶，
仙风道骨一抿成。

发微信，刷刷屏，
亲朋好友都晒萌，
你发旅游美照片，
我发美食求点评。

跑跑步，慢慢行，
不急不燥不争赢，
保养身体最重要，

健康生活道理硬。

睡睡觉，做做梦，
戴好口罩去出行，
抗疫复工两手抓，
社会主义特色经。

下下棋，弹弹筝，
挥毫泼墨画丹青，
万里江山放眼望，
一笔写就龙图腾。

集集邮，摄摄影，
陶冶情操兴趣盈，
提高素养得其乐，
莫再无知当布丁。

种种田，当当兵，
工厂车间听机鸣，
埋头苦干是首选，
甘当革命锣丝钉。

溜溜狗，粪便清，
别污环境要文明，
人与动物要和谐，
禁止捕食法已定。

多学习，长本领，
时代发展信息增，
新鲜事物要接受，
复兴路上勇攀登。

赏赏月，看看星，
浩瀚银河在穹顶，
蓝色地球美家园，
众志成城爱生命。

（**完**）

二零二零年六月四日二十三时作于北京皇城根下。

《紫罗兰赋》

范爱军

棚缠架绕紫罗兰，
花辨如玉色娇然，
游人若在藤下走，
温馨淡雅笑开颜，
都说此花很怡情，
读诗品茗佛入禅，
神奇幽雅香天地，
诱下嫦娥到凡间。

（完）

二零二零年五月十五日十时作于北京皇城根下。

《我的心儿像条船》

范爱军

我的心儿像条船，
在江河里航行，
在湖海里升帆，
身披着朵朵的浪花，
寻找着人生路上的港湾，
哪怕暗礁还有激流，
还有那狂风和闪电，
我都不会退缩，
也绝不会胆寒，
带上我的祝福，
带上我的思念，
我要奔向光芒四射的乐园。

我的心儿像条船，
在逆境中坚守，
在苦闷中祈盼，
身披着处处的伤疤，

寻找着抚慰心灵的仙丹，
哪怕蔑视还有诽谤，
还有那打击和诬陷，
我都不会退缩，
也绝不会畏难，
带上我的希望，
带上我的心愿，
我要迎接百炼成钢的考验。

我的心儿像条船，
在希望中努力，
在憧憬中登攀，
身披着片片彩霞，
寻找着星光灿烂的山巅，
哪怕崎岖还有泥泞，
还有那寂寞和孤单，
我都不会退缩，
也绝不会掉链，
带上我的成就，

带上我的光环，

我要拥抱风和日丽的明天。

（完）

二零二零年五月十六日十时作于北京皇城根下。

《垃圾分类就是好》

（顺口溜）

范爱军

垃圾分类就是好，
保护环境废变宝，
厨余其他分开放，
有毒有害莫乱抛，
电池过期要单收，
玻璃锐物须打包，
低碳生活要提倡，
绿色家园最逍遥，
从我做起要牢记，

一点一滴最重要，
假如垃圾堆成山，
臭气熏天无处逃，
与己无关想法错，
文明道德要提高，
小康社会等不来，
众人拾柴火焰高。

（完）

二零二零年五月十六日十八时作于北京皇城根下。

《感恩博大的上苍》

范爱军

活蹦乱跳的文字
击打着一颗滚烫的心，
把你真挚的爱情
迸发出炽热的火焰，，
孤独和寂寞

笼罩着前方的道路，
生离和死别是人生
必须接受的磨难，
让我们活好每一天
感恩博大的上苍，
让我们拥抱朋友
迈好生命的每个脚步，
让我们歌唱自然
珍惜如金的宝贵时光，
让思念化成轻风，
让友情变成白云，
去抚摸远方爱人的脸，
去吟诵深夜写的诗章，
去倾诉思恋的衷肠，
五颜六色的鲜花
编织了生活的画卷，
疾风和暴雨
磨砺了强者的意志，
曲折和坎坷是走向
成功的必由之路，
酸痛的感觉

刺激了暗恋的心房。
林荫道上的漫步
录制了难忘的回忆，
山路上的石阶
见证了人们牵手的浪漫，
探索的路上
会有流血的脚印，
拼搏的沙场
永远是剑影和刀光，
真心的爱慕
会绽放激情的芬芳，
宽阔的胸怀
装得下万丈的长虹，
踏遍千山万水去寻找
梦中的菩提，
敞开心扉去抒发
想往天国的理想，
历经岁月的磨砺
悟出了人生的真缔，
夕阳下品一杯陈年老茶
是上天赏赐的恩惠，

晨雾里溅一身清凉露水，
是自然赋予的安祥，
荡漾在诗的海洋里，
可以升华人的理想，
我们要驶向什么样的港湾，
那里的人们是否灿烂阳光，
我喜欢雪花飘舞的洁白，
我热爱红梅绽放的幽香，
呼吸着原野上弥漫的
青草味道，
领略着霞光里飞动的
心灵翅膀。

（完）

二零二零年五月十七日十时作于北京皇城根下。

《玫瑰，玫瑰，我爱你》

范爱军

玫瑰是造物主送给人类的一枝独秀
玫瑰是玉皇宫里生的一朵美丽奇芭，
她有芬芳的香气，
她有幽静的典雅，
她给人们送来了温馨，
她给生话增添了豪华，
她生长在人们的心里，
她盛开在海角和天涯，
她长得鲜鲜艳艳，
她笑得羞羞答答，
天地的灵气在她身上凝聚，
日月的精华在她身上转化，
看到了玫瑰就想到了心中的情人，
看到了玫瑰就见到了远方的绝佳，
玫瑰是相思的魂，
玫瑰是诗中的她，
她治得了无眠的寂寞，
她绽放了相聚的酒巴，

她给人以坚守的力量，
她给人以驰骋的宝马，
姑娘爱她的脉脉含情，
小伙爱她的纯洁无暇，
玫瑰传递的是真诚的爱意，
玫瑰展示的是梦里的图画，
玫瑰上的露珠是喜悦的泪水，
玫瑰上的红色是忠诚的飘洒，
她是求爱的必备之物，
她是定情的无言表达，
玫瑰可以化干戈为玉帛，
玫瑰可以变阴霾为彩霞，
送上一枝玫瑰情深似海，
送上一枝玫瑰诗意勃发，
玫瑰不愧是万花之王，
玫瑰理应是花神独下，
我爱你啊，玫瑰，
你是一朵令人心怡的神花，
我爱你啊，玫瑰，
你是我心中永不凋谢的花。

（**完**）

二零二零年五月二十二日二十二时作于北京皇城根下。

《庆六一》

范爱军

长空万里天蔚蓝，
神州大地花满园，
祖国未来是儿童，
承前启后挑重担，
五星红旗迎风飘，
先烈遗志记心间，
从小培养英雄气，
中华崛起看少年。

（完）

二零二零年五月三十一日二十三时作于北京皇城根下。

《牵牛花赋》

范爱军

墙角盛开牵牛花，
清晨饮露映朝霞，
五彩缤纷好艳丽，
赏心悦目人人夸，
招蜂引蝶风中摆，
景色自成百姓家，
平添生活美情趣，
小诗一首颂喇叭。

（**完**）

二零二零年五月十二日十八时作于北京皇城根下。

《值班乐》

范爱军

夜雨飘过天爽凉，
清风拂面心舒畅，
臂戴绿袖有职责，
胸前又见红旗扬，
垃圾分类是国策，
百姓生活要提倡，
从我做起保环境，
低碳生活花正香。

（完）

二零二零年七月三日早八时半作于值班哨卡。

《胡杨颂》

范爱军

我爱你，胡杨，
你生长在茫茫的大漠之上，
你不怕孤独和炎热，
顽强的把生命绽放。

我爱你，胡杨，
你把根深扎在沙的士壤，
你扛住肆虐的狂风，
成功的把绿叶生长。

我赞美你啊，胡杨，
你给死亡之海带来了希望，
你迎来了跋涉的驼队，
你目送过转场的牛羊。

你听过叮当的驼铃，
你听过牧歌的悠扬，

你的性格感动了无数的人们，
你的精神写成了永恒的华章。

胡杨啊，胡杨，
你是沙漠之中的王爷千岁，
你是古往今来的同行者，
你是荒芜沙漠中的一座天堂。

胡杨啊，胡杨，
你有着坚韧不拔的意志，
你死了可以屹立千年不倒，
你是仁人志士顶礼膜拜的偶像。

胡杨啊，胡杨，
你不仅活出了王者的风彩，
你还用千年不朽的奇迹，
向后人诉说着曾经的辉煌。

胡杨啊，胡杨，
你代表了一种澎渤的正义，
你用古朴苍桑的树干，

诠释了什么是历史的担当。

胡杨见证过烽火和狼烟，
胡杨见到过金兵和宋将，
胡杨仰视过千万次的星移斗转，
胡杨陪伴过千万回的旭日夕阳。

胡杨有一种耐人寻味的内涵，
胡杨有一副勇挑重担的肩膀，
胡杨散发着无疆的大爱，
胡杨飘逸着热血的贲张。

胡杨的一生充满了惊险和传奇，
胡杨的一生经历过无数的苍凉，
胡杨的一生书写了生命的伟大，
胡杨的一生展示了大地的芬芳。

胡杨用落叶记录着沉浮，
胡杨用断枝承载着跌宕，
胡杨站在大漠指点江山，
胡杨躺在荒原续放光芒。

诗人要为你奋笔疾书，
写出惊天动地的词赋，
画家要为你挥毫泼墨，
绘出典雅惊世的雄壮。

我要感谢胡杨的执着与坚守，
我要学习胡杨的乐观和奔放。
胡杨成就的是一种理念，
胡杨焕发的是一种力量。

胡杨说的是一种恒心，
胡杨指的是一个志向，
胡杨展示了一种魅力，
胡杨秀出了一种阳刚。

我爱你啊，胡杨，
虽然你的外貌平淡无奇，
但是在你的骨子里，
却蕴含着独行者的铿锵。

胡杨告诉我们怎样面对生活，
胡杨勉励我们如何斗志昂扬，
胡杨是我们学习的楷模，
胡杨是我们效仿的榜样。

我爱你啊，胡杨，
虽然你只在荒原大漠上存活，
但是在你的情怀里，
却给人们开启了一扇敞亮的天窗。

胡杨啊，胡杨，
你是沙漠中的一块绿州，
胡杨啊，胡杨，
你更是人们孤独时候的烛光。

胡杨是一道沙漠生命的能量源，
胡杨是一首荡气回肠的散文诗，
胡杨是一个美好绚丽的憧憬梦，
胡杨是一个生机盎然的美故乡。

胡杨经历了千锤和百炼，

胡杨享受过歌咏与赞扬，
胡杨知道华夏的三山五岳，
胡杨渴望神州的黄河长江。

胡杨指引人们找到了水源，
胡杨带给人们夏日的清凉，
在胡杨面前我们都是小草，
在胡杨面前我们都是儿郎。

胡杨侍奉过三皇五帝，
胡杨诵读过孔孟百家，
胡杨见识过春秋战国，
胡杨领略过大汉大唐。

胡杨守望着古城边关的英雄魂魄，
胡杨担当着生态平衡的天然屏障，
胡杨目睹过北凶奴的铁骑和弯刀，
胡杨目送过出塞和亲的昭君姑娘。

见到胡杨你会有一种参拜的冲动，
你会情不自禁的走近胡杨的身旁，

看到胡杨你会产生一种心灵震撼，
你会感悟到来自远方的地老天荒。

胡杨的美是朴实无华的真情奉献，
胡杨的爱是永恒不变的道德高尚，
胡杨啊，胡杨，
我要把你的风韵传播到平原山岗。

我没有见过胡杨，
可早已被胡杨的故事所感动，
胡杨的景象啊，
已经深深的印在了我的心房。

我爱你啊，胡杨，
你的黄叶正和中国人的肤色一样，
我爱你啊，胡杨，
你的身躯就是大中华的擎天栋梁。

（完）

二零二零年七月十九日下午十五时作于北京皇城根下。

《贺花鲜》

范爱军

赏心悦目花满园，
芳香扑鼻醉神仙。
雨过天晴云初放，
彩虹飞架天地间。
小院自有人长住，
灰瓦见证日月鲜。
生活道路坎坷来，
浇水上肥度平安。

（完）

二零二零年七月十日十一时为扬，董两位园丁老师鲜花碧草美图而作于北京皇城根下。

《梦幻中的月下女孩》

（童话诗）

范爱军

梦幻中有一个月下女孩，
她正款款的向我走来，
她有着美丽的眼睛，
她有着苗条的身材。

梦幻中的她把我带进了琼岛，
梦幻中的垂柳啊在随风摇摆，
女孩儿欢快的向我打着招呼，
挽起我的手臂走向石头的阶台。

我们在朦胧中有i了一段动情的甜蜜，
女孩儿的脸上放着羞涩的红晕和光彩，
我们在梦幻里有了长椅上的亲吻拥抱，
我们在梦幻里许下了天荒地老的结拜。

梦幻中的微风吹拂着我们的胸怀，

如烟的往事啊穿越了时空的尘埃，
女孩儿的眼睛显得那样清澈明亮，
女孩儿的声音就好像美妙的天籁。

啊，梦幻中的月下女孩，
就像是一个惊喜的意外，
我们的相遇是那样的幸福快乐，
我们的重逢肯定是上天的安排。

啊，梦幻中的月下女孩，
仿佛是曾经与我海誓山盟，
梦幻中的月下女孩啊，
让我找回了前世遗失的挚爱。

啊，梦幻中的月下女孩，
让我的思绪像江河一样的奔涌，
梦幻中的月下女孩啊，
一定是巧取了天宫下界的金牌。

啊，梦幻中的月下女孩，
温柔的承诺了对我的优待，

梦幻中的月下女孩啊，
允许我在孤独时把她找到梦里来。

梦幻中的月下女孩啊，
说我是山上的那棵松树，
我对着她的耳边说，
你就是我梦中的女王和主宰。

啊，梦幻中的月下女孩，
骑着白马要去重游那水村山郭，
我搂着她的肩膀说，
你是想寻找当年的足迹和衣带。

啊，梦幻中的月下女孩，
己经深深的住进了我的心房，
梦幻中的月下女孩啊，
己经变成月亮在穹顶上徘徊。

（**完**）

二零二零年七月十二日二十时作于北京皇城根下。

《我想有一双翅膀》

范爱军

我想有一双翅膀，
在广阔的天空里遨翔，
我想尽情的飞啊，飞
去寻找那彩虹飞架的天堂。

我想有一双翅膀，
在浩瀚的大海上遨翔，
我想尽情的飞啊，飞，
去寻找那太阳升起的温床。

我想有一双翅膀，
在雄伟的长城上遨翔，
我想尽情的飞啊，飞，
去感受那大漠孤烟的苍凉。

我想有一双翅膀，
在古老的黄河上遨翔，

我想尽情的飞啊，飞，
去参拜那黄帝长眠的地方。

我想有一双翅膀，
在巍峨的秦岭上遨翔，
我想尽情的飞啊，飞，
去追寻那华夏龙脉的绵长。

我想有一双翅膀，
在奔腾的长江上遨翔，
我想尽情的飞啊，飞，
去抚摸那巨龙发源的清爽。

我想有一双翅膀，
在峻秀的黄山上遨翔，
我想尽情的飞啊，飞，
去流览那青松迎客的盛况。

我想有一双翅膀，
在京杭大运河上遨翔，
我想尽情的飞啊，飞，

去欣赏那白浮泉水的流淌。

我想有一双翅膀，
在白山和黑水间遨翔，
我想尽情的飞啊，飞，
去保护那虎啸和鹿鸣的林场。

我想有一双翅膀，
在南疆的椰林上遨翔，
我想尽情的飞啊，飞，
去品味那四季如春的花香。

我想有一双翅膀，
在天安门广场上遨翔，
我想尽情的飞啊，飞，
去俯瞰那国旗升起的雄壮。

我想有一双翅膀，
在琼楼和玉宇上遨翔，
我想尽情的飞啊，飞，
去祈求那治疗新冠的药方。

我想有一双翅膀，
在虚幻的梦境里遨翔，
我想尽情的飞啊，飞
去捕捉那扑溯迷离的风光。

我想有一双翅膀，
在无边的宇宙里遨翔，
我想尽情的飞啊，飞，
去博览那奥秘太空的景象。

（**完**）

二零二零年七月十三日上午十时作于北京皇城根下。

《茶余小悟》

范爱军

游山觅水千万船，
文章两岸留几篇？
好酒常让食客醉，
太白赋诗饮一坛。
乾坤本是心变幻，
梦里依稀到江南。
千秋笔墨花登月，
清茶一盏暗入禅。

（**完**）

二零二零年七月二十日下午十八时作于北京皇城根下。

《莲花池赋》

范爱军

芙蓉出水映蓝天，
莲花滴露玉珠连。
微风阵阵花摇曳，
张张翠荷撑绿伞。
蜻蜓点水枝头站，
野鸭觅食头下潜。
远听渔姑唱晚歌，
采得红菱小半船。

（完）

二零二零年七月二十二日中午十二时作于北京皇城根下。

《七夕赋》

范爱军

浩瀚银河星闪耀，
牛郎织女踏鹊桥。
七月七日喜相会，
一拥一吻泪如潮。
天恩地爱成佳话，
海枯石烂仍携老。
真情感神又泣鬼，
浪漫千古夜听箫。

（**完**）

二零二零年八月二十四日十二时作于北京皇城根下。

下篇　散文

写作的韵味与快乐

范爱军

闲暇之时，自己经常会写点诗歌、散文、游记等东西，虽然算不上什么上乘之作，但也能凑合着拿得出手，在报刊上的一个小角落里占上一席之地，偶尔看到自己的俗名出现在报刊上的时候，便会觉得身上沾上了一些文化人的味道，心里也不免要升起一丝丝的快乐，笔耕时的辛劳感也一扫而光。

写作是快乐的，这是自己的心中感言，一个人在兴奋的时候可以写诗歌、写散文、游山玩水，欣赏风土人情之后，会写一篇无拘无束的游记，痛苦和伤感的时候也会用笔在稿纸上发动一场痛快淋漓的笔伐之战，胸中的郁闷一吐为快，动荡起伏的心态平和之后，稿纸就锁进了抽屉，进入了休眠。写作真的是一种调整心态的绝妙方法。一旦掌握了其中的奥秘，便会其乐融融。

有人说写作太难，是件很累很痛苦的事，鄙人却不以为然，文学创作其实是一件非常高雅的工作，是一种深刻的脑力劳动，是一种修身养性的文化创造行为，一篇好的文章可以起到启迪思想的重大作用，一部好的小说可以影响一个时代的人，激励着人们去奋斗、去探索，去净化人们的灵魂。一首气壮山河的千古绝唱，可以让敌人胆怯，又足以让后人仰视。

一个好的作品，不是用笔就能写出来的，要想写出惊天地、泣鬼神、荡气，写出自己的感悟回肠、沁人肺腑的作品，那就一定要热爱生活，用心去写、用泪去写、用血去写，写出自己的真情，写出自己的感悟，写出自己的人性，写出人的真善美。

写作，其实很甜美，好的作品就是永远辉煌的精神瑰宝，既能让你心情舒畅，又能不断的将你的思想升华、精炼，达到一个又一个崇高的境界。写作是一个辽阔的海洋，你可以在这里尽情的抒发自己的感受，乐也好，苦也罢，都让它随着笔尖的滑动而记入自己的史册，在人们的心里开出一朵绚丽的文学奇葩。

一个人养成了良好的写作习惯，不仅为自己的人生平添了许多乐趣，还可以用自己美好的心灵和感恩的情怀来感染周围的人们，对别人是真挚的关爱，对自己则是一种莫大的精神享受，对于这样的两全其美之事，我们何乐而不为呢？

当你回首往事的时候，读着那一篇篇沾满心血的作品时一定会觉得自己的胸中充满了回忆人生的激情，荡漾起幸福生活的涟漪，连接起爱情和友谊的轨迹，结晶出深厚的人生底蕴和感悟。

诗词歌赋，信手拈来，散文小说，挥洒自如，这绝不是上几年大学，写个三年五载就能达到的程度，这需要知识的积累、经验的沉淀、技巧的娴熟和激情的迸发、灵感的喷涌、无疆的大爱，缺一不可，只有这样才能让写作达到出神入化、炉火纯青的境界，才能真正的走进文学艺术的宏伟殿堂，才能真正享受到写作的快乐，才能真正挖掘到闪闪发光的文学宝藏。

写作，具有他物无法替代的神秘和奇妙，你想浪漫吗？你想潇洒吗？你想过把瘾吗？你想对初恋的情人说说已经无法倾诉的心语吗？那就拿起笔来写吧，幸福等着你，甜蜜等着你，快乐等着你！

《后海之约浪漫行》

（解说词）

范爱军

初秋时分，双节将至，十刹海畔，银锭桥边驰名京城的老字号李记涮肉馆，迎来了应后海之约远道而来的好友，他们一个个话语优雅，文质彬彬，这就是大海，一叶小舟，春月，弘华，清清河边草，我就是我和范爱军。这简直就是现代版的“后海七贤”

窗外，蓝天白云，屋内，欢声笑语。

大海以召集人的身份首先向大家致以热情洋溢的欢迎词，我就是我用质朴纯厚的语言谈了自己的心中感受，春月用唯妙唯俏的语气模仿敬爱的周恩来总理的讲话，众人都仿佛是觉得周总理来到了我们中间，范爱军发表了一首即席创作的七言小诗《聚友乐》，弘华用自己圆润甜美的声音即席予以真诚的朗诵，获得了大家的热烈掌声，一叶小舟大姐不停的为与会者拍照摄影，年龄最小的清清河边草自告奋勇，主动的客串起了聚会的节目主持人，她先是唱歌，后是跳舞，在她的引导下，后海七贤唱了一首又一首又红又美的革命历史歌曲，把聚会推向了一个又一个高潮。

午饭之后，范爱军拿出了自己的处女作诗集《秦岭啊你作证》分别赠送给与会的各位好友，并且签名题词，最后分别与各位受书者合影留念。

在欢快喜悦的氛围里，大海带领大家沿着十刹海北岸向西而行，来到了著名的宋庆龄故居纪念馆参观。

风和日丽的秋日里，微风吹拂，心旷神怡，宋庆龄故居里草青树绿，假山湖水，亭廊环绕，景色优美，给人一种庄严肃穆令人敬仰的感觉，同时也让大家体会到了曲径通幽，闹中取静的神奇。

大家依次参观了宋庆龄故居的主楼和生平纪念馆，大家一路慢走，一路拍照，故居内的美景尽收机内，参观完后，一行七人在湖边的树荫下坐成了一圈，开始了关于国计民生事务的大讨论，很有一种群英汇萃，共商国是的味道。

最后走出了大门，七位好友在门口照了一张兴致勃勃，神彩飞扬的合影。

欢乐的时光总是很短暂，分别的时刻总会如期而至，大家互道平安再见之后，大海，春月，我就是我向二环路地铁站出发，踏上了回家的路程。

范爱军陪伴着三位美女一同向银锭桥方向走去，路上又在静园的那扇圆形朱漆大门外尽情的展示了一把她们风姿绰约的美好神韵，为此赢得了许多路人的眼球。

至此，下午四时许，太阳已经挂在了西方的天际，十刹海上湖光闪烁，岸上游人如织，路旁的商家已开门待客，显示出了一片复苏的景象。我们四人在马凯餐厅门口意犹未尽的分手告别，给这次史无前例的后海之约浪漫行画上了一个圆满的句号。

（**完**）

二零二零年九月二十六日上午十时半完稿于皇城根下。

迪拜风情录

范爱军

去过迪拜的人都会说这样一句话："迪拜是富人的天堂。"前年的十月我和老伴儿有幸报团去了一次迪拜。

从北京凌晨出发，坐了八个半小时的飞机才到达阿联酋的最大城市迪拜，在飞机上我们第一次看见了金发碧眼的阿联酋空姐，她们的长相都很不错，但说中文却比较生硬一点，我们和她们说起话来有些难度，有时候需要用手势比划来表达我们自己的意思，虽然语言交流上有些困难，但是她们的服务态度确是很不错的，不管我们说多少话，她们的脸上始终都带着灿烂的笑容，让你感到很温馨，有一种宾至若归的感觉，仿佛此时此刻的你就是上帝。飞机上供应的两顿正餐是很不错的，味道比较适合我们的胃口。除了咖啡，可口可乐，雪碧，茶水等饮料之外，还有红葡萄酒可以饮用，档次还是不低的。

八个半小时的航程在愉快的感觉中结束了，我们告别了漂亮温柔的空姐们，来到了这个建在沙漠之上的伟大城市，来到了这个非常富有的阿拉伯联合酋长国。这让我们有了一种寻幽探秘的冲动。

出了机场，见到了我们此次活动的导游李小姐，这是一位既好看又精明的中年女士，她在迪拜已经有些年头了，对这里的风土人情了解颇多，可以说是一个迪拜通了，有她当我们的导游，心里自然轻松了许多，她也和其他的导游一样是很健谈的，时不时的将一些当地的奇闻异事或者一些小笑话，让大家的旅途变得更加轻松愉快，更有回味的情结。

我们坐在大巴车上，一面观赏着窗外的风景，一面听着李导对我们此次行程的娓娓道来，迪拜的历史真的不怎么悠久，是一座非常年轻的新兴城市，到处都散发着勃勃的朝气和巨大的活力，李导还说："迪拜是一座名副其实的现代化国际大都市，世界上的最顶级的各种展出都会在这里举办，在这里炫富不算张扬，这里就是全世界最大的炫富场，在迪拜不怕你多有钱，就怕你没钱，说实话，这里真的不是一般老百姓该去的地方。迪拜是全世界所有奢侈品的集散地，没在迪拜展示过的商品都不能称之为奢侈品，只有打上了迪拜的字号，你的商品才有资格称为奢侈品，才能被世人所接受和追捧，，迪拜就是世界奢侈品最名贵的名片和品牌，说个笑话："就拿咱们大家来说吧，今天你们能到迪拜来旅游这也是给你们的旅游生涯度上了一层金啊，今后这都是你们的谈资，不论别人去哪里旅游，都是无法和迪拜相提并论的，你就自豪吧，你就骄傲吧，迪拜的大街上人不多，马路上的汽车来来往往。其中不乏许多的名牌豪车，李导指着路边上行走的一对阿联酋人说："当地人男的都要穿一身白色衣服，就像大袍子，头上用一个黑绳套罩住头上的白头巾，当然也有带花红格子头巾的，那些都是一些地位比较高的人，有花头巾来当作标志，证明他们是王室，是贵族，不是纯正阿联酋人，就穿的比较杂了，当地的阿联酋女人都要穿一身黑砂做的长袍，上街的时候都要把脸蒙住，结了婚的可以把眼镜露出来，女人的规矩是很多的，在阿联酋男人的地位是很高的，他们的法律规定一个男人可以娶四个女人，但是必须一碗水端平，平等的对待这四个老婆，买东西必须买四份，否则，女人们就会起诉他的不公平待遇，让这个男人吃官司，为此阿联酋的男人必须要有钱，有大钱，不然的话，他是无论如何也摆不平家里的这四个女人的。阿联酋国民的待遇是极好的，他们从出生开始就可以按月从政府哪里领取相当于三万元人民币的生活费，而且不用工作，阿联酋的财富是怎么来的呢？主要就是石油，阿联酋人如果再去干一些其他的工作，那他就会额外的得到一笔丰厚的工资，阿联酋人的生活节奏很慢，干什么都不着急，工作松松散散，想干就干，不想干就不干，包括政府部门在内基本上就敢半天的活，中午回家吃完饭下午就不来了，他不好好干，你还不能投诉他，你一投诉他，他反而撂下工作就走回家了，你还得去求他回来上班吧，他们就是太优越了，不上班，每个月由国家发相当于三万元人民币的生活费，这可这是天堂里的生活啊。这种优厚的待遇恐怕全世界也找不出第二个来。当地的人都不干活，除了享受就是吃喝玩乐，在迪拜当地人只有不到三分之一，三分之二的人都是来自世界各地的的打工仔，他们全部受雇于当地的阿联酋人，当地的阿联酋人质感一些体面的，轻松的，政府部门的工作，其余的脏活，苦活，累活统统的有外来者干起来，一个是当官做老爷，一个是当下人作奴仆。所以说迪拜是富人的天堂。

一路上，我们参观了老城里的老王宫，这是一座不大的古老的城堡；宫门也很一般，不像我们北京故宫的宫门那么高大宏伟，显得太小了，若不是门上的那些粗大坚硬的铁钉还有那么一些小小的威慑，真不敢相信这就是王宫的大门，到了王宫里面就像是进了一座远古年代的迷宫，昏暗的灯光下，一组组的塑像展现在你的面前，游客就仿佛是走进了历史的长廊，倾听着古人们的诉说，翻看着一幅幅尘封的画卷。走在里面仿佛使人置身于阿拉伯传说中的“阿里巴巴四十大盗的山洞里面。”参观完了老王宫我们又穿过了一条专卖各种小商品的购物一条街，然后坐上一条小游船就到了当地有名的黄金珠宝城，可以说是令郎满目，珠光宝气，据说是世界上位列前茅的珠宝城了，在这里我们见到了世界上最大的金戒指，据说戒指的直径足足有五十公分，天啊，谁能戴的上这么大，这么重的金戒指啊？出了老城区，离开了珠宝城我们就坐车驶向了海边。

夕阳西下，我们在火红晚霞当中看见了一个在世界上非常著名的建筑，亚特兰蒂斯帆船大酒店，以前自己只是在电视里看到过这个酒店的雄伟图像，当时就已经感到她的美妙了，可是当你真的站在这座大酒店的面前时，你就会感到这是一种神奇，是一种震撼。在蔚蓝的海水称托下，亚特兰蒂斯真的就像是一艘等待远航的巨大帆船，看到这个迷人的壮丽场景，我相信绝大多数的人都会为这个伟大的创意叫绝，为这个灵动的设计而鼓掌。

带着晚霞的余晖，我们来到了入住的酒店，打听了一下面条的价格，不禁有些咂舌，差不多七十元人民币一碗，最后我们买了一个汉堡，一结账才知道是十六美金，换算下来差不多要一百块人民币了，直到这个时候我似乎才知道了天堂的含义，你若有钱，迪拜便是你的天堂，你若没钱，迪拜就是你的地狱。

第二天早上四点多钟的时候，我就被窗外传来的念经声给叫醒了，原来，这些穆斯林的信徒们每天早上都要起来诵念古兰经，这一点是雷打不动的，从这一点也能看出来，穆斯林们的信仰还是恒坚定的，这也是值得我们学习的。这样的学习，礼拜活动他们每天都要进行四五次之多，其迷底就是要时时刻刻地反省自己的言行不要违反了教规。进去礼拜之前，他们都要在门外面脱下鞋子，赤脚或穿袜子走进他们礼拜的祠堂，真是很守规矩的。

这一天我们去的是棕榈岛，这也是一个举世闻名的伟大建筑，是填海造地的典范之作，从天空之中往下看就能看到一棵无比巨大的黄色棕榈树图案展现在碧波荡漾的大海之上，阿联酋房屋建筑的色调是黄色或白色两种，这主要是为了和整个国土沙漠的色彩保持和谐，这种设计的理念很符合阿联酋的国情，不论是民居还是一座座的清真寺都是黄色或着是白色，很有民族特色，美不胜收，宛如仙境一般。李导说：“谁如果有钱，可以考虑购买这个岛上的房子，价钱比国内要便宜，而且有升值空间，性价比是不错的。

回来的路上，李导又开启了讲故事的程序，在阿联酋要想知道谁家有钱只要看看他们家的院子里种了多少树就行了，阿联酋到处是沙漠，树木很少，养一棵树得花很多钱，这里除了海水，几乎没有淡水，人们饮用的都是矿泉水，种树都是淡化的海水，但是淡化海水成本很高，一般的家庭种不起几棵树，据说每个月一棵树的水费就要七八百甚至上千美金，这里的树都是采用水管喷灌的办法，如果你看到这个院子树木很多，郁郁葱葱，那么不用说，这一定是个有钱的人家。李导又问大家：“在自己家里都养什么宠物啊？”大家七嘴八舌地说：“狗，猫，藏獒。”李导不屑一顾的说：“这些猫啊，狗啊，藏獒啊在国内还凑合着玩玩，但是在阿联酋，在迪拜，这些东西就很本不入流了。”我有些不解的问：“李导，那你说养什么宠物才算是入流呢？”李导笑着看了我一眼说：“在迪拜有钱的人都是养狮子，老虎，当宠物，最次的也得是养一只豹子，否则的话，你就带不出去，人家的车上坐着一只狮子，或者是一只老虎，那个威风劲儿是你一只豹子能比得了的吗？再说了一只狮子，老虎每天得吃多少斤肉啊？就算是一只豹子每天至少也得吃个几斤肉吧？一般的人家是喂不起的啊。”阿联酋和迪拜的生活水准就是比其他的地方高啊，这才是真正的高工资高消费啊，老天爷就是特别眷顾阿联酋的人民，不知道是不是上辈子他们拯救过地球，积了大德，所以把这么一块富得流油的宝地赏赐给了他们。从表面上看阿联酋就是由七个很小的酋长国联合组建的，人也不多，地也不大，很久以来就是在荒芜的大沙漠上凄惨的生活，直到上个世纪在珀斯湾地区发现了丰富的石油之后，这里一下子就甩掉了贫穷的帽子，一跃变成了世界上的首富国家之一，难道这就是冥冥之中的天意吗？

晚上，自己睡了一个好觉，我自己在大沙漠上种出了一大片的树木，叫不出名字的树木。

第三天，我们的行程是去大王宫，和一个专门制作手工艺品的小部落参观，在这个i奥部落的对面隔着一片不太宽的海面，李导告诉我们说：“那里的一片高楼大厦非常的壮美，可以说是当今世界上的最高建筑水平，这里也号称是迪拜城里的“曼哈顿。”

晚上，我们参加了海上游轮的活动，不打就像一条打鱼的机帆船，船上坐了不到一百人，吃了一顿晚餐，船在海湾里航行了一个小时就开始调转船头往回返杭，回来的时候当地的艺人表演了一段旋转的舞蹈，还是比较惊艳的，以前在国内的时候没见过这种演出，挺有点地方特色的，值得一看。

第四天上午我们去参观大清真寺，这是迪拜最大的一座清真寺，非常的雄伟庄严，整个建筑都是清一色的白色大理石建成的，远远的看去就像是一座白玉雕出的巨大宫殿，显得非常的神圣，李导说："要进入这个清真寺，需要进行安全检查，对男人没有什么特殊的要求，女人则要穿上长衣长袖的衣服，包住头发，只能露出脸的部分，到了门口所有的人都要把鞋脱下来，放在指定的地方，然后才能赤脚或穿着袜子走进寺里。到了里面可以拍照，可以席地而坐，但是不可以大声喧哗，要保持安静，这也是对主的尊敬。进了寺里以后，我们排着队往里走，整个清真寺显得洁白无暇，中间是一个很大的广场，大概有半个足球场那么大，可以容纳两千人不成问题。进了大殿之后，给人一种庄严肃穆的感觉，地上铺着华丽的地毯，游人可以在地毯上坐或跪，但是不许照相，这是对主的不敬。在大殿的上方高高的悬挂着三个巨大的吊灯，据说，吊灯上面镶嵌的都是五颜六色的各种宝石，在灯光的映照下熠熠生辉，，据说吊灯的直径达到了五米之巨，这么大的珠宝吊灯恐怕只有在迪拜这个世界首富的地方才会有的啊，乖乖，他们不会是把阿拉伯世界的所有珠宝都安到这个清真寺来了吧，后来我听说像这样的清真寺在阿联酋还不止几个啊，这可真是让我对阿联酋这个神秘的小国刮目相看了，这也太富有了吧，居然让我这个来自东方大国的炎黄儿女对他们肃然起敬，是不是有些离谱啊？但是不管怎么说，阿联酋的富有，迪拜的时尚确是世界公认的，不服不行。

离开清真寺以后，我们就坐上大巴车前往我们的下一个目的地，沙漠激情。路上我在一个路边的商店里买了一块粉红格子的方头巾戴在头上，对着镜子照了照，又把我的大墨镜戴上，真是太酷了，整个就是一个阿拉伯的穆斯林啊。接着我没有乘车出发，不一会儿就到了沙漠的边上，当地的司机帮我们带好安全带，扶好把手，然后就踩了一脚油门，汽车便急速的向前面的沙漠驶去，汽车在沙漠里左右摇摆，忽上忽下，很是惊险，乘车人越是惊叫，开车的人就越欢实。经过了沙漠激情，接下来的活动就显得温柔多了，骑骆驼，我们悠哉游哉地边骑骆驼，边照相，骑着骆驼在沙漠里看日落，感觉挺潇洒。

骑完了骆驼，我们进了一个大大的院子，这里的活动也是挺有新意的，免费的纹身，还有穿着白袍和黑袍的合影，我和老伴就凑了一个热闹穿上白袍和黑袍照了几张异域的风情照，效果还不错，就像是国王和王后，过了一把国王瘾。在这个大院子里，我们吃了烧烤，观看了当地的艺术表演，直到星斗满天的时候，我们才乘车回城，，我和老伴都是第一次在沙漠里看星空，一弯银月挂在天空，沙漠里的夜空是那么清净，数不清的星星在天上闪烁，这比在城市里看的清楚多了，我感到了宇宙的浩瀚，也感到了沙漠的沧桑。

回到了宾馆，收拾了一下愉悦的心情，洗漱之后就自然而然地进入了今天的梦乡。

第二天早上起来，吃完早饭，李导就带领大家开始了今天的行程，乘坐豪华邮轮游览波斯湾。

波斯湾的水是深蓝色的，波斯湾的天空是蔚蓝色的，天上的白云石银白色的，就像冰山上的白雪一样，波斯湾的岸边矗立着一片片的高楼大夏，这里的房价是全世界最昂贵的，除了阿联酋的那些豪门贵族可以承受之外，一般的富人恐怕都会避而远之了，成群的海鸥在围绕着我们的游轮飞翔，有胆大的居然落到甲板上来，它们好像不怕人，悠然自得的吃着我们喂给它们的食物，好一幅天人合一的美好画卷，这个场面成了值得自己永远回忆的生活插曲。

下了游轮，我们就奔向了此次旅游的最高点，迪拜塔，也叫哈利法塔，是世界的第一高楼，塔高 828 米，楼层总数 162 层，造价 15 亿美元。我们是下午到的，在迪拜塔的旁边是一座全世界最大的奢侈品商场，面积大得出奇，一共三层共有 15 个足球场那么大，里面汇集了来自全世界的顶级商品，，所有的奢侈品都在这里亮相，只要你的资金足够充足，你就可以在这里享受一回当富人的感觉，我们走马观花的在里面逛了两个小时，吃了一份七分熟的炸牛排。看了世界上最大的水族馆，傍晚的时候，我们六个人一起坐上了登上世界第一高楼的的电梯，坐了大概一分钟的电梯，我们就到了 124 层的观景台，站在此处迪拜的景色尽收眼底，楼底下的音乐喷泉随着音乐翩翩起舞，组成了一幅绚丽的人间美景。

第二天，我们结束了在迪拜的旅游，乘上了回国的飞机，眼望着窗外的景色，沙漠，碧海，蓝天。白云，高楼大夏，车水马龙，清真寺，椰枣树，都在我的脑海里留下了深刻美好的印象，如果有机会的话，我还会来这里故地重游的。

（**完**）

2018 年 10 月

放天灯

范爱军

吃过晚饭，我和几位好友一同来到了海边，海风迎面吹来，凉凉爽爽的，还带着一些咸味和腥味，这就是海的味道。

天渐渐的黑了下来，远处烟台山上的灯塔放着一明一暗的灯光，停泊在远处海里的轮船只有一个个黑色的轮廓，有些光从那里散发出来。

海滩上布满了细细的沙子，海浪一波接一波地向岸上涌来，又一次接一次地退了回去。“哗哗”地浪涛声响成一片。啊！这些顽强的海浪，千百万年以来，一直都是这样涌上来、退下去，退下去、再涌上来，无休无止，真可谓是百折不挠，韧性十足啊！脚底下的这些细沙，不就是海浪们千百万年经久不息，不断磨合的杰作吗。这就是它们不怕疲劳，连续作战的成果。对于海浪们的这种坚韧不拔的毅力，我是从心里折服的。

忽然，一个灯笼似的物体飘了过来，循着踪迹望去，原来在岸边上有人在放天灯，也叫祝福灯。好奇心促使我迈步走了过去。一问卖家，回答："十元一个。"想了想，便掏钱买了一个，卖家告诉我："您可以把祝福的话写在上面，也可以不写，在心里默默地祈祷。"

按照卖家的指点，我点燃了灯下面的蜡，心里不断地祈祷，什么祝全家幸福美满、什么祝老人身体健康、吉祥如意，还有祝首开集团兴旺发达，祝祖国繁荣昌盛等等祝福。也许是承载的心愿太多了，试了几次都没有飞起来。后来经过再次的努力，终于飞起来了。只见这个橘红色的灯就像个小热气球一样，忽忽悠悠地向着海面上飘了过去，越飘越高，越飘越远，自己站在海滩上，双手合掌，望着那盏满载着自己美好祝愿的天灯，再一次地祈祷："一路走好，飘到天涯，飞到海角。"

夜，越来越深，放天灯的人，越来越多。只见海滩上，人们三个一群，五个一伙，都在那里点放天灯，又都在那里祈祷祝福，这是一个多么欢乐多么和谐的夜晚啊！

点点的天灯，汇集在海面上，广阔的天空，一时间竟然显得拥挤起来。看来，追求幸福是人们共同的愿望。

我想，在这个时候，应该祝愿每个在场的人都吉祥如意、心想事成。祝愿祖国风调雨顺、永享太平。

晚上，做了一个梦，梦见我又朦朦胧胧地来到了海边，又一次点燃了那充满祝福的天灯，只见它飘啊飘啊，飘到了凌霄宝殿，飘到了嫦娥居住的广寒宫，又飘到了王母娘娘的瑶池仙境。

（**完**）

2007年8月

半夜时分队部里的象棋大战

范爱军

我们技务一队有一位副队长，特别爱下象棋，可是棋艺并不是很高，还老是想赢。有一次晚饭后他让我们的司务长给杀了个落花流水，丢盔弃甲，大败而归，大战了六盘，愣是一盘没赢，弄得他好没面子。回队部以后，他想找一个不敌他的对手杀几盘出出火，于是他就问我会不会下象棋，我当时是队部的文书，我说："会一点儿。"他一听我说会一点儿，立马来了精神说："那你跟我杀几盘。"我说："有什么说法吗？"他说："谁输谁请客。"我说："好，说话算数，军中无戏言，指导员和通信员监督，不许悔棋，不许耍赖。"说完，我就和副队长摆开阵式，你来我往，飞象出车，炮轰马踩的杀了起来。因为我看过他下棋，知道他的套路，平心而论，他的棋艺实在是不能入流，太一般了，所以我敢应战，并夸下海口，其实是心中有数，胸有成竹的。结果三下五除二，就干脆利落的把副队长斩于马下了。三比零。我大获全胜。在指导员和通信员的观摩下，副队长很不情愿地认输了。我说："副队长，想着明天请客啊。"说完，我就钻被窝睡觉了，可是没想到，就在我迷迷糊糊快睡着的时候，副队长走到我的床边，伸手就捏我的鼻子，我睁开眼一看是副队长，就问："你干嘛，都熄灯了，我要睡觉。"可是他说："不行，你得起来，再跟我杀几盘，今天我要是不赢你几盘，我就睡不着觉，我这个堂堂的一队之长败在你一个小文书手里，传出去的话我太丢人啦，所以，我一定要赢回来。"我一听坏了，闹了半天，副队长输棋以后这心里还窝着火哪，看样子今天晚上我若不让他赢几盘棋，把他的面子找回去，他这口气是顺不过来的，于是我就说："副队长，我认输还不行吗？明天我请客，我困了，想睡觉了。”副队长把眼睛一瞪说：“不行，你必须实实在在的让我杀几盘，我才能睡好觉。”我说：“我的好队长啊，咱不带这么玩的。”这时候指导员说话了：“文书，我看你就起来陪着副队长杀几盘吧，不然的话咱们谁都睡不踏实。”我一看，得，今天是摊上事儿了，没辙，谁让我今天下棋的的时候不多长个心眼儿来的，我要是老老实实的输他几盘不就没这事了吗，瞧这事闹的，得嘞，这次我就痛痛快快的输他几盘不就得了嘛。于是我就披上衣服起来，在办公桌上打开台灯，摆开棋盘和副队长杀了起来，经过一个多小时的大战，我终于以自杀式的战法连输了五局，以零比五的悬殊比分败下阵来。这时候副队长的脸上才露出了灿烂的笑容，他还拍着我的肩膀微笑着说：“怎么样？我说你不行吧，服不服，？怎么样？五比零，哈，哈，哈。”我赢了他三盘，他赢回去五盘，总成绩是五比三，算他赢了，他的气也顺了笑着对我说：“好了，文书，你也辛苦了，今天你不用查哨了，我替你去查哨，你睡觉吧。”我心里这个好笑啊，副队长有时候就象个小孩儿，爱赢不爱输，不就是赢几盘象棋吗。我躺在被窝里看着副队长挎上手枪，扎上腰带，拿着手电筒，往外走的时候居然还哼起了他的家乡小调，我打趣的说：“首长辛苦了，谢谢。”副队长朝我摆了摆手说：“睡觉吧，小心我还捏你的鼻子。”看着副队长的背影，我的心里忽然有了一种轻松释然的愉悦感觉。

从那以后，我和副队长就成了棋友，他只要有空，就会和我杀上几盘，战绩总是互有胜负，但是到最后我总是会让他小胜于我，只要是他赢了，他就会高兴，特有成就感，脸上就会笑眯眯的，这个时候就是我敲他竹杠的最好时机，有时候我就会说：“今天晚上我要查哨，不想玩了。”每到这个时候副队长就会很大度的说：“没关系，文书，你睡觉，我来查哨。”看到副队长这么好说话，后来我也越发的放肆起来，索性每到我查哨的时候我就会主动的去和副队长杀上几盘，我知道只要他玩高兴了，这查哨的差事就归他老人家代劳啦，而我呢，既送了一个顺水人情，自己还能捞一个好觉睡，各得其所，何乐而不为呢？到后来副队长也识破了我的这个小小的伎俩，但是他一直不揭穿我，其目的就是保持我们之间的这种默契，当时部队的文化生活也确实太枯燥了，除了打扑克就是下象棋了，副队长也不能随便的下到班里和那个战士去下象棋啊，各位排长也都是带兵的人，也不能没事就泡在队部和副队长下象棋呀，所以，我这个队部的文书就是和副队长下棋的最佳人选啦，既不影响大家休息，而且名正言顺。其实，输赢都无所谓，主要是战友们都高兴，这才是最重要的事情。

（**完**）

2012 年 5 月

吃核桃的遭遇

范爱军

我们技务四队的营房是依山而建的，山坡上有几颗高大的核桃树，秋天的时候核桃会自己从树上掉下来，一不小心还会砸在人的头上，于是队长下令：打核桃。

大家搬来梯子，爬到树上，用竹竿子去打核桃，只听见噼里啪啦的响了一阵，包着一层青皮的生核桃像冰雹一样落在了地上，不一会儿地上就落了一层核桃，我们找了几个竹筐，把核桃捡了起来，足足装了三大筐，队长下令：搬一筐回队部，剩下的两筐给各班分一下，让大家都尝尝鲜。

核桃拿回去之后，大家就兴高采烈的吃上了，就是核桃皮不太好剥，但是核桃里面的仁还挺好吃，又嫩又脆，咬起来“咯吱咯吱”的，可是谁也没有想到，核桃的那层青皮会分泌出一种黄色的液体，沾到哪里哪里就会被染黄了，而且还特别不容易洗掉，可是当时大家都不知道，有的人弄得两手，嘴唇，腮帮子全是金黄的颜色，还有的互相开玩笑，互相用手乱抹，把脸上抹得像个唱戏的大花脸，抹时容易洗时却难了，不管是用肥皂还是洗衣粉怎么用力也洗不掉了，大家你看看我，我看看你，这回真的变成名副其实的黄种人了，所以都忍不住地笑了起来。那一次，全队的人除了少数几个不在场的人之外，其余的无一幸免，几乎是全军覆没，就连队长，指导员也都弄的手黄黄，嘴黄黄的，我是属于比较馋的，吃的也多，结果手和嘴的黄颜色也很多，那一次的洋相可是出大了。

知道的是我们吃核桃吃出的黄颜色，不知道的还会以为我们都是得了肝炎呢，黄疸都出来了，多可怕呀，后来听说青核桃皮有毒，也不知道是真是假，反正后来再吃核桃的时候就都带上胶皮手套，把核桃放在脸盆里，用水泡着剥皮，这样就不会沾黄颜色了，这也算是“吃一堑长一智”吧。

（**完**）

2012 年 6 月

堵水管的肇事者

范爱军

这个故事也是发生在技务四队，那是1978年夏天，有一天，炊事班长风风火火的跑到队部报告："水管子不出水了，找不到原因，没法做饭了。"队长一听就急了，赶紧和炊事班长一块儿到炊事班去去查找原因。

司务长正和炊事班的几名战士在拆水龙头，又找来一根粗铁丝，伸进水管进行疏。队长在旁边看了一会儿，见还没有通，几个战士都累的大汗淋漓，。忽然，队长想起了什么，超炊事班长摆了一下手，拔腿就朝山坡上走去，我和司务长紧随其后，不一会儿，队长就带着我们来到了一个水泥砌成的蓄水池旁边，。这时我们还没明白是怎么回事，队长说："你们把上面的盖子打开。"我们几个人上去七手八脚的打开了蓄水池的盖子，一看里面的水已经涨到赤字的边上了，再仔细一看，池子底下的那个出水管里露着一节绿色的蛇尾巴，还在扑拉，扑拉的左右摆动，。乖乖，原来是这条蛇钻进了水管子，把出水口给堵死了，难怪炊事班那边出不来水了，都是这个家伙从中搞的鬼，找到了肇事者，就得把这家伙给拉出来，炊事班长是个山东大汉，个大有力气，胆子也大，他找了一双电焊用的帆布手套戴上，一是防滑，二是防止被蛇咬伤，他知道我胆子小就故意说："文书，要不你来试试。"我一听这话，赶紧摇着脑袋说："你吓死我，我最怕蛇了，我可不敢动它，还是你来吧，"队长也笑着说："文书是笔杆子，他哪里是揪蛇尾巴的料啊，还是你来吧。"我们用脸盆把尺子里面的水掏出了一半，炊事班长穿着胶鞋下到池子里，双手攥住蛇的尾巴往外就拉，可是那条蛇拼命的挣扎，王水管里面钻，眼看就抓不住了，这时候队长又出了一招，叫炊事班那边用气筒往水管里打气，，同时不停的敲打水管，就这样，我们用了前面用气堵，中间用棍敲，后面用手拉的战术，最后，费了好大的力气才算是把那条堵水管的蛇给揪了出来，一看还真是一条毒蛇呢，叫竹叶青，据说还是剧毒呢。经过这么半天的折腾，这条蛇看上去已经死了，但是万一它又活过来咬了人那可就麻烦了，为了安全，我们还是挖了一个小坑把这个肇事的小蛇给埋了，我们这么做对小动物也算是人道主义了，故障排除后，队长又下令：拿些漂白粉来投放在蓄水池里，然后用水冲了得有一个小时，又叫卫生员来检测一下水质，看人能不能饮用，最后，还把团卫生队的化验员请来了，经过认真的检测化验，证明水质合格了可以饮用，这才通知炊事班点火做饭，

为了全队这百十号人的生命安全，从那以后，蓄水池里的出水管给安上了一个防护网，同时在池子上面又加了一层顶盖，并且上了锁，一把放在炊事班，一把放在队部保管，还规定定期投放漂白粉，炊事班每天都要派人巡视两次蓄水池，这成了炊事班的一项长期固定的任务。

记得那次发现有毒蛇钻进了蓄水池之后，队里有的战士就不敢再喝水了，总觉得水里有毒，恶心，可是我们的蓄水池里接的就是山泉水啊，除此之外，没有别的水源，怎么办？为了消除战士们的疑虑，指导员专门给大家上了一次课：说我们的山泉水是多么的清凉甘甜，山上的动物都很爱喝，证明没有毒，现在我们又采取了防护措施，以后像小蛇，青蛙，都进不了蓄水池了，让大家放心，最后，还讲了上甘岭的故事来激励大家的勇气，为了鼓励战士们不要害怕喝这里的水，队长，指导员都当着大家的面打开水龙头喝山泉水，这才打消了战士们的疑虑情绪，时间一长，大家也就习惯了，现在想起来倒是还有一点传奇的色彩呢。

（**完**）

2012 年 7 月

三十八秒拆装五四式手枪

范爱军

我在技务四队当文书的时候，正赶上部队军务处组织全体 枪械员（一般情况下由各连的文书兼任）进行枪械知识技能的考试，其中有一项就是拆卸组装五四式手枪。考核的标准是：两分钟及格，一分半钟良好，一分钟优秀。

为了达到优秀的标准，我用指导员的那把五四式手枪练习，开始的时候从拆卸到组装完成得用三，四分钟的时间，而且是手忙脚乱，这离优秀的标准差的太远了，我想自己是北京兵，可不能输给别人。于是就坚持每天进行刻苦的练习，把右手大拇指的皮都都磨掉了一片，虽然有些伤痛，但是拆装手枪的速度也提高了许多，总算是苦有所值吧。

到了比赛那天军务处的赵林处长和几个军务参谋来到了现场，各连的枪械员（文书）参加，每两个人为一组，每人面前一张办公桌，桌子上面铺一块白布，，上面放着一把五四式手枪，两名参谋担任考官，负责看表，监督考核的全过程。

比赛开始以后，各位参赛者都使出了看家的本事，那可真是“八仙过海，各显其能”。我记得当时比赛的的场面是挺紧张的，开始的命令一下，只听见场上响起了一阵“稀里哗啦”的响声，参观的人们全都摒住了呼吸，紧张的看着厂商比赛的选手们。经过将近一个小时的考核比赛，最后的成绩出来了，我的成绩是38秒，这是绝对的优秀啊，为此我也收到了队领导和军务处首长的双重表扬，。其实38秒并不是我最好的成绩，我在练习的时候曾经创造过28秒的绝佳成绩，那次比赛是用的别人的手枪，因此感觉上有一些生疏，因此在动作上就发生了一些滞慢，如果用我们指导员的那把手枪，我想再提高几秒钟也是不成问题的，但是自己还是比较满意的，也算是给队里争了光，晚点名的时候受到了队长的口头表扬一次，在队部吃饭的时候，指导员笑眯眯的给我的碗里夹了一块红烧肉以示表扬，自己的心里真是感觉美美的。这也是军人的荣誉啊。

后来，自己又分别参加了五六式半自动步枪，五六式冲锋枪的拆装比赛，由于时间太久远了，我已经记不住准确的时间了，五六式半自动步枪大概是一分多钟，五六式冲锋枪大概时间更长一些，可能是一分半钟吧，肯定的说成绩都在优秀的范围之内。后来，自己还加大了难度，蒙上双眼模拟夜间拆装枪械，最后也都达到了优秀的标准。

光阴似箭，几十年过去了，如烟的往事又浮现在自己的眼前，自己也沉浸在深深的回忆之中。

（**完**）

2013 年 3 月日

扬州记忆

范爱军

扬州是昔日黄鹤飞去的地方，是京杭大运河上一颗熠灿的明珠。在琼花盛开的季节，我到了古城扬州。乘坐 *Z29* 次直达列车，经过一夜的路程，在太阳升起不久的时候到了我 *28* 年前来过的地方。出了车站，被老家的大哥接到了汽车上，一路有说有笑地到了扬州市邗江区建华大队的一个普通的农村里。

天气很晴朗，微风拂面，一片片绿油油的麦田随风摆动，形成了一层层麦穗的波浪、一个个池塘碧波荡漾、边上长着密密麻麻的芦苇，鱼鹰三五成群地站在小船板上，在渔夫的看护下不时地飞起落下，于是一条条鲜活的鱼儿落到了鱼篓里。水面上、几只白鹅悠闲地在游来游去、互相追逐、时而扑楞几下翅膀、时而曲颈向天歌几声。这里是它们的家园，可以自由地畅想、自由地歌唱。

走在田间的小路上，用手轻抚着田里的麦穗鼓鼓的、沉甸甸的、让人感到今年的收成不错。深深地吸上一口气，啊，好爽，空气里充满了花的美丽，草的气息和泥土的芳香。

太阳落下之后，大地暗了下来，田野里静得出奇，偶尔传来几声狗的叫声，更加衬托出了夜的宁静，天上的月牙儿很亮，星星眨着眼睛若隐若现。

早晨，正在熟唾之际，忽然听到一阵鸟儿的叫声传入耳中，睁眼一看天已经蒙蒙亮了，几只喜鹊正在窗外的树枝上叽叽喳喳地叫着，隔窗向外望去，东方的地平线隐隐约约，起起伏伏，天际上已经出现了鱼肚白，这种颜色纯属是大自然的偶合，是太阳和云层的杰作。弊者，这样一幅黎明之前的景色是可遇而不可求的，尽管天空越来越亮，可是太阳却还是羞羞答答的不肯露面，给人一种千呼万唤始出来的感觉。早晨的太阳是鲜红的，这是因为地上的大雾造成的。太阳升起来之后，田野里雾气腾腾，整个大地都在蒸发。当太阳由红变白时，大地的雾已散去，又恢复了大地的葱郁本色。啊，新的一天开始了。

由于是来度假，不单纯是旅游，所以时间上就安排得比较宽松一些，不用每天都把时间安排得满满的，你拥有比较充足的自由活动时间，去想你自己愿意想的问题，去做你自己想做的事情。当然也可以什么都不想、什么都不做、一直睡到自然觉醒，不用担心有人来吵了你的好梦。

谈起今天农民的生活，他们会告诉你今非昔比、写枪换炮了。

然后如数家珍一样，从衣、食、住、行、用、到国家大事、时事政治、说给你听，他们知道的一点都不比你少，甚至在某种程度上知道的比你还要深刻、详细，说出的话蕴含的哲理令人惊讶，使你不敢相信这些话居然出自一位农民的嘴里，但这是实实在在发生在自己眼前的事。仔细一想，也对，现在的农民家里可不像从前了，电视机、电冰箱、洗衣机、微波炉、电话、手机应有尽有，还有更富裕的家里还有电脑，上网在农村也不是稀罕事。做饭同城市一样，使用液化石油气罐装的，洗澡使太阳能热水器，很方便，出门都是骑电动车或摩托车，在平整的水泥铺成的道路上跑起来就像一阵风，自行车很少，有的人家还买了汽车。

现在的农民住的是二层小洋楼，告别了破平房，吃的是新鲜粮食，品种多、质量好，告别了粮食紧缺的艰苦岁月，颗粒归仓已成为了历史，散落在地上的麦粒是小鸡儿的，一日三餐，这种柴鸡的肉很好吃，它们下的柴鸡是人们送礼的新宠，很受待见。来扬州之前，在我的印象里，农民就是脸朝黄土背朝天、一滴汗珠摔八瓣的种田人，可是这次到了扬州之后，在大片的农田里，几乎找不到劳作的农民，偶尔见到一个、两个，那是在做一些简单的拔草劳动，现在也不用牛来拉犁了，使用拖拉机，种子撒下去之后，基本上用不着大量的田间劳动，靠天吃饭，就这样，亩产量也比以前翻了一番，到收割的时候，也不用人拿镰刀去割了，而是用联合收割机，半天收个百十来亩地很轻松，农民只要把装粮食的口袋准备好，在收割时边脱粒、边装袋，把口一扎，往路边一放，收购粮食的汽车就等在那里，当场过称，钱粮两清，半天的功夫，粮食就变成了成本成摞的人民币，进而揣进了农民的腰包，笑开了他们那一张张纯朴憨厚的脸。人家告诉我，现在的农村生活好了，这首先要感谢邓小平改革开放的好政策，没有改革开放、就没有今天的好生活，扬州人知恩报恩、吃水不忘挖井人。

“扬州三把刀”是历史悠久的品牌，即：刻石刀、修脚刀、厨师刀，过去的扬州老依靠这“三把刀”维持生计，现在的扬州人用这“三把刀”使扬州的名气大增、享誉中外。扬州人就是凭着这些独特的手艺，从各大城市挣回了大把的真金白银，把破旧的平房、草房变成了一家一栋的小洋楼，都在二、三百个平方米以上，在装修上也很讲究，完全可以与高级别墅相比美。家家户户都有电话，早在二十几年前就通上了电，天南地北的联系很方便，写信的时代一去不复返了，人家也同城里人一样，有事就用短信联系，这就使在外打工的孩子们也能经常打电话问候家人，留守的老人们也能用这些现代化的通讯工具来排除寂寞。在这当中有点略显不协调的是，楼是新的，屋内摆放的家具却还是老的，老式的八仙桌、长条凳、条案、小板凳、架子床等等都是油光瓦亮的，从这些斑驳陆离的光泽中，我们可以看到岁月的苍桑、原始的味道、古朴的遗风，也许是人们怀古的情结或是依旧的理念，人们在生活中还暂时舍不得把这些传辈儿的老物件遗弃掉，大概这里面包含了太多的故事、太多的情感。

吃饭的时候，最能体现扬州人的好客热情和豪爽。听着主人频频的招呼，看着那摆上桌子满盘子满碗的饭菜，鸡、鸭、鱼、肉、鳖、蟮、虾、蟹，青菜翠绿、煲汤鲜美、洋河大曲的醇香气味、钻入鼻腔，会使你沉浸在一种非常浓烈的氛围之中，真有一种酒不醉人人自醉的感觉。席间，我悄悄地问主人:“这得让你破费不少吧”。主人笑了说：“现在国家富强了，政府很重视农业，不仅取消了延续了几千年的农业税，而且还给农民按亩发补贴，这些好政策的出台，就使得我们农民的腰包鼓了、腰也直了、气也粗了、财大气粗嘛，吃点肉、喝点酒算不了什么”。说着又把一大块“东坡肘子”夹到了我的碗里，不一会儿我就吃得满嘴流油，喝得面红耳赤了。

酒足饭饱之际，我想现在农民的生活好过多了，早已不是原来意义上的农民了，差不多都是双重身份，农忙时在家当农民、农闲时就是城里的打工仔，这就成了农村城市种粮、挣钱两不误的良性循环，这也是缩小城乡差别的体现，是科学发展的必然。

第三天，到村里的小超市去买香烟，原以为这里不会有什么上档次的，可是一看才清楚，“中华、玉溪、红塔山”等名牌香烟应有尽有，一般的烟也都在四、五元左右，说实在的，在这个地方应酬时，十元钱以下的烟你都不好意思往外掏，这跟从前农民们叼在嘴里的大烟袋子真是天壤之别，不能同日而语了。酒也是一样，像茅台、五粮液这样的名酒，只要想喝，随时都能买到。这一点跟北京、上海等大城市已经没有什么差别了。

几天之后，在大哥的陪同下，到扬州市区玩了一天，跑马观花地看了几个地方，对扬州这个城市才有了一管之见。扬州地处长江下游北岸，自公元前486年吴王夫差开凿邗沟，筑邗城至今，已有近2500年建成历史，扬州既是风景秀丽的风景城，又是文化荟萃的文化城，中国共产党前总书记江泽民同志的故乡就在这里，《红楼梦》的作者曹雪芹也是扬州人，这都为扬州聚起十足的名气和人气。

唐代诗人李白的《黄鹤楼送孟浩然之广陵》是一首脍炙人口的千古绝唱，诗云：“故人西辞黄鹤楼，烟花三月下扬州，孤帆远影碧空尽，唯见长江天际流”。说得虽是送别好友依依不舍之情，却也从另一个角度向后人们描绘了雪时扬州的美丽景色。

这里有中国最古老的运河，汉隋帝王的陵墓，唐宋古城的遗址，明清私家的园林，著名的湖上园林瘦西湖和千年古刹大明寺以及何园、个园都坐落在这里，来到扬州的人有两种活动是必然要去的，用扬州人的话来说就是：“早上皮包水，晚上水包皮。”皮包水就是早上吃草茶，这是扬州的第一个特色，蟹黄汤包是早茶中的重要点心，要用吸管来吸食里面的汤水，很是独特，很是鲜美。水包皮则是扬州的另一个特色，就是晚上要泡澡，扬州的搓背非常有名，不论在哪个地方，只要搓背，大多是扬州人，许多地方就认扬州这个品牌，只要是扬州口音，人家就让你擦，让你挣钱。

扬州的美丽，不仅表现在它的历史悠久，也不仅表现在它的风景秀美，既不仅在于它那洁白的琼花，也不仅在于它美女的众多，总之，扬州的美是一种感觉，是一种人与自然的和谐造化，是一种物和文化的融汇升华，是一种非常值得回味的经历。

扬州的山好、水好、人更好，它是联合国认定的宜居城市。扬州这座古城仿佛是一位光彩照人的美女，凡来过的人都会感到它的美丽、温柔、都会在心里留下一段抹不掉的记忆。

（完）

2009年5月12日

寻访刘公岛

范爱军

二零零九年六月十一日，我随着首开考察团一行三十三人来到了风景秀丽的威海市，乘坐摆渡的轮船前往刘公岛，可以说是慕名而来，追幽访古、重温历史是我们此行的目的。

威海、位于山东半岛的东北端，与辽东半岛隔海相望，港湾优良、天然形成，南北两岸、威仪东伸入海、宛如两条巨龙，刘公岛则如一颗璀璨的明珠，镶嵌于碧波万顷的威海湾中，形成二龙戏珠之势，刘公岛砥柱中疏、位置十分重要、素有“不沉的战舰”之美称。

刘公岛是甲午海战的纪念地，当年那场震惊中外、异常惨烈的黄海海战就发生在距此不远的成山角附近的海面上。因此，刘公岛又是中国近代史上第一支海军的诞生地。同时，还被列为国家级风景名胜区。

这是一个山与海相依相恋的神奇所在，这是一块山与海相环相绕的灵秀之地。忠与义、灵与肉、血与火、爱与恨，在这里聚集、交融、燃烧、升华。

下了渡船，在导游的带领下，我们开始了这次刻骨铭心的参观考察。

站在甲午海战纪念馆下面，抬头望去，一尊高达三十余米的巨型雕塑耸立在眼前，有人说，这位身披斗篷、头带官帽、手持单筒望远镜的军官是清朝北洋水师的提督丁汝昌，也有的人说是驾舰撞向日寇旗舰的至远舰管带邓世昌，我想不管说的是谁，但是我敢肯定，他一定是北洋水师的一位抗日英雄，索性我们就把他当作是全体殉国烈士的一个缩影或者一个化身吧。

怀着无比崇敬的心情，走进了纪念馆，浏览着那一件件枪、炮、刀、剑和各种从海底捞起的沉船残件等等记录着英勇悲壮、沾满血泪的陈年古物时，心中不免受到了一次次强大的震撼，看着那形象逼真的声光影视营造出的海战情景，更使自己的心里感到了英烈们为国捐躯时的壮怀激烈、荡气回肠。

走出纪念馆，自己的脑海里还长长地浮现着那血雨腥风的战斗场面，耳边还久久地回响着那隆隆的炮声与拼杀的呐喊。

站在高台之上，眺望着波涛汹涌的蔚蓝大海回想着参观时那一幕幕惊心动魄的场景时，自己的心里禁不住地涌动起了一层一层的沉思与遐想。

沿着海边寻觅，我又看到了当年北洋水师的提督府，大门口的上方还有李鸿章提的“海军公所”四个大字。在大门的正前方，一个新建的石牌楼上雕刻的是江泽民总书记题写的“中日甲午海战纪念馆”几个大字。大门口的西侧不远处有一门高大的“克鲁伯大炮”炮口指向大海，似乎在向人们诉说着那久远的故事。

海边停靠着几艘军舰，舰上的八一军旗迎风飘扬，三三两两的身着深蓝色军装的海军士兵，匆匆地从身边擦身而过。这是新中国的海军，几只海鸥在军舰上空忽上忽下、自由的飞翔。望着它们，我想，当我们尽情地享受着和平的阳光与幸福时，不应该忘记那些一百多年前英勇抗击倭寇的民族英雄。

不知不觉当中，已经到了登船返回的时候，站在船上，望着渐渐远去的刘公岛，我的心一下子变得沉重起来，我知道这次参观考察，已经给了我巨大的收获，“落后就要挨打”，我说：“腐败更要挨打”，这是一百多年以来中国充满屈辱的近代史所向世人昭示的一条颠扑不破的真理。

再见了刘公岛，你的故事将永远留存在我的心里。

（**完**）

二2009年6月14日

什刹海的今昔

范爱军

天气晴朗，风和日丽，轻风拂面令人心旷神怡。党支部为了配合学习科学发展观，按照毛主席“社会实践是检验真理的唯一标准理论，组织全体党员和积极分子到什刹海地区进行了一次访历史变迁，寻科学发展理论意义的实践活动。

提起什刹海，顾名思义就是在海的周围有十座古刹，至今保存下来的已经不多了，这是很让人遗憾的事，大凡年龄在五十岁往上的人都知道，上个世纪六、七十年代的时候，什刹海是城里面有数的几个游泳场所之一，夏天是人们消暑的好地方，冬天又是人们滑冰的好去处，自己上小学的时候，每到夏天放暑假的时候，基本上三天两头的都要泡在这里。因此，对于什刹海自己的心理始终都有着一种难以割舍的情结。

听老人们讲，说起什刹海，还要感谢一个著名的历史人物，这就是元朝的水利专家郭守敬。在什刹海的岸边至今还有一个纪念这位老人家的地方，叫通汇寺。元世祖忽必烈命郭守敬负责京杭大运河北京通惠河段的整治工作，郭守敬在京被昌平县找到了白浮泉，雕成了龙生九子的泉眼，成了京杭大运河的北部源头，顺着不高的地势落差，沿着西山到昆明湖，又经过长河，再到积水潭，转而进入京城，形成了今天的什刹海。当年的什刹海是京城里最重要的，也是最繁华的水路码头，由江浙一带乘船而来的稻米、瓷器、茶叶、丝绸和金银等物，经过了一千七百多里的漂流之后，就汇集到了什刹海，盛极一时，漕船万千，舳舻蔽水，蔚为壮观。从那时起，什刹海就成了京杭大运河头上的一颗璀璨的明珠，极大地促进了中国南方北方的文化交融和经济发展，立下了不朽的功勋。甚至还有那么一句话说："北京城是漂来的"。此话不假，据说，北京的紫禁城的太和殿、龙柱、金砖，还有四九城城墙的城砖，以及明清两代皇陵的建筑材料，也都是打上了窑主的标记，从大运河运到北京的，您说北京不是漂来的吗？

改革开放之前，什刹海地区是个十分普通的居民区，只有恭王府和另几座王府建在这里，给什刹海增加了几份神奇的色彩。中华人民共和国名誉主席宋庆龄的故居也在什刹海的北岸，临水而居，是人们缅怀革命先驱的场所。原中国科学院院长郭沫若的故居坐落在什刹海的西南方，现在也是人们参观游览的一个重要景点。除此之外，什刹海也就没什么特色了。几十年来，人们只是默默地在这里繁衍生息。然而到了改革开放以后，什刹海逐渐地从沉睡中醒来，人们充分地抓住了发展的机遇，充分地利用什刹海周围的地面和空间，人文和地理的优势，沿着海边建起了上百个各种特色的酒吧和工艺品商店。如今的什刹海已经成了裴声海内外的酒吧一条街了。

后来，人们又把什刹海的水面也利用了起来，开发引进了电瓶船、水乡木船，供中外游客乘坐，坐在船上，眼里看着两岸的美丽景色，耳里听着江南女子弹奏的乐曲，仿佛置身在了江南水乡。如果到了晚上，坐在船上游览，看着满天的星斗与两岸灯红酒绿、火树银花般的霓虹灯辉映在一起，就像陶醉在秦淮河畔一般，游人们在海边的大排档里依栏而坐，三五个亲朋好友或者推杯换盏、尝茶品肴，或者是观景、聊天、品茶、听曲，真是悠闲自在，其乐融融。岸上玩久了，您就可以坐上游船，带些花生、瓜子等干果，一边荡漾在夜色的水面上，一面舒展身心，尽情地倾听那些俊俏的南方姑娘弹奏的乐曲。有古筝、萧、月琴等不同的乐器，风采各异、各有神韵。于是一幅渔歌唱晚的景象已经就展现在眼前，尤其是赶上明月当空的时候，你会不由自主地产生一种寻古怀幽的感觉，你可以从心里拓展出一块极大的空间，让想象和憧憬长出翅膀，像鸟儿一样自由飞翔。

站在海边上，看着水面被风吹动的波浪，阳光在水面上散发着破碎的、舞动的光线、三只一群、五只一伙的野鸭子在水面上嬉戏，偶尔还会看到一两只鸳鸯混迹于野鸭子当中，它们和谐相处，这让岸上的人们若有所思，若有所想。

“为什么不种些荷花呢？”我问导游女孩，“有啊！到了七八月的时候，这里面会长出大片大片的荷花来，老远的地方就能闻到荷花的清香！”这种花儿很好，出污泥而不染，象征着人的高尚品格和清纯的情操。

我想，这不正是我们党学习实践科学发展观、以人为本、保护生态平衡、构建和谐社会所需要的美化环境吗？正是和谐的社会离不开美化的环境。

在游览完了烟袋斜街之后，我们一行人又到了鼓楼后身，坐上了三轮车，游览了两处四合院。至此，已经到了夕阳西下的时候，我们结束了当天的党日活动，每个人的心理都充满了喜悦，充满了激情。虽然，我们只是跑马观花地游览了一下什刹海，但是她那历史悠久的故事和富有传奇色彩的经历就已经深深地打动了我们。

什刹海今昔的对比就是北京发展建设的一个缩影，是我们这些看客不得不发出由衷的感叹，什刹海的魅力无穷，什刹海活力四射，什刹海古老传奇，什刹海风姿卓著。不游什刹海，不算北京人。

走在店铺林立，招牌交错的鼓楼大街上，不禁使人想起了一句形容老北京繁华地区的话："东四、西单、鼓楼前"，在改革开放，科学发展的今天，这条大街仍然不减当年的风采。

夕阳西下，一抹金色的余辉映照在高耸的鼓楼上面，红墙绿瓦见证着什刹海的古今往事和历史沧桑，看到这幅美丽的景观，有谁能不为之感慨，为之动情，为之陶醉呢！

游览了什刹海，了解了上百年的历史变迁的事实，说明了一点。事物的发展必须要遵守社会即自然科学的发展规律，进行不断地创新、调整，事物就能生存、发展、壮大。正如毛泽东同志指出的那样："人类总是不断发展的，自然界也总是不断发展的，永远不会停止在一个水平上。因此，人类总得不断地总结经验，有所发现，有所创造，有所前进。停止的论点、悲观的论点、无所作为和骄傲自满的论点，都是错误的。其所以是错误的，因为这些论点不符合大约一百年以来人类社会发展的事实，也不符合迄今为止我们所知道的自然界的历史事实。"

什刹海的故事就是鲜活生动的典型范例。

（完）

2010 年 9 月

夜 航

范爱军

披着夕阳火红的霞光，我登上了返京的飞机。在猛烈的加速之后，飞机渐渐地抬头，机翼后面的挡板往上翘起，呼的一下，只觉得身体向后倾斜，感觉有点像坐电梯上升似的，心里忽悠一下，飞机离开了地面，腾空而起，一次又一次的爬升、爬升，隔着窗户向下望去，地面的建筑物越来越小、越来越模糊，最后变成了一片亮点。

坐在机舱内，只觉得飞机周围一片黑暗，这是在云层当中穿行，过了一会儿，窗户外面出现了一些微弱的光，原来，飞机已经到了云层的上面，隔着窗户向外面望去，深蓝色的夜空中，繁星点点、不停地眨着眼睛，在西边的天空上还残留着一抹夕阳的余辉，把云彩映成了火红的颜色。

不一会儿，天就完全黑了下来，太阳离我们而去，喷气飞机的速度是无论如何也赶不上太阳落山的速度啊，没什么，明天太阳依旧会从东方升起，今日的分别是为了明天的重逢。这就是大自然当中，周而复始、生生灭灭的亘古规律。

飞行当中，你会时不时地感到一阵阵的抖动，广播里空姐告诉我们是飞机遇到了气流，是正常现象，只要系好安全带，是不会有什么问题的。

不一会儿，出了云层，眼前一片开阔，地面上的万家灯火与天上的点点繁星交相辉映、连成了一片，分不出哪些是星、哪些是灯，尤其是地面上那些城市，灯光密集，就像是从天文望远镜里看到的，距离我们几十万光年的河外星系或者是新星爆发时的壮观美景。随着飞机的行进，地面的景观也在不断地变化，从远而来、由近到远，这种壮丽的夜景是我从来也没有见过的。只有在这个时候，你才能体会到，什么叫“鸟瞰”、什么叫“高瞻远瞩”、什么叫“一揽众山小”。

我忽然想到，如果此时我不是在飞机上，而是置身在“神舟”飞船上，从那个高度看地球，会是什么样的情景呢？肯定会比现在的景色更壮观吧。

从烟台到北京直线距离只有500多公里，飞机只要飞行一个小时即可抵达，就在这短短的时间内，我感觉自己就像腾云驾雾一样，飞过了一座座山、一道道水、飞过了一个个村庄、一个个城镇、飞过了波涛汹涌的大海，而这在伟大的祖国九百六十万平方公里的国土上仅仅是很小的一部分。想到这里，我不禁被祖国的伟大震撼了，我们的祖国真的是一个泱泱大国、横流九派、沃野千里、地大物博、人杰地灵。感谢苍天，让我投身在中国这个古老而文明、勇敢而坚强、伟大而富娆的国度里，这里有幸福美好的生活，这里有光明灿烂的前程。

短暂的夜航结束了，但是却给了我一次观看祖国夜景的绝好时机。有机会的话，我一定要从北京飞向上海、广州、海南岛、飞向拉萨、乌鲁木齐和哈尔滨、飞向边疆、飞向海洋，去观赏祖国那雄伟壮丽的万里江山。

（**完**）

2009年6月15日

夜间打靶

范爱军

夜间打靶在部队里是一个比较难的科目，在这个科目上不及格的比率一直都是比较高的，不管是那个连队，都是一个非常令人头疼的问题，只要你是把握不住夜间射击的特殊要领，那你必然是枪枪脱靶，打个零环，被剃了光头，得一个不及格的成绩也就在劫难逃了。

那是1978年的夏天，我们机务四队按照训练大纲的要求，要搞一次夜间打靶的实弹射击，我当时在队部当文书，负责发放子弹。

那天夜里月明星稀，我们在河的对岸挖了一个一人多深大坑，在上面修了掩体，派了一排长和两个战士在里面报靶，在坑里垂直竖起了一个夜光靶，所谓的夜光靶就是在一个半身靶中间的十环位置安上一个手电筒的小灯泡，再通过一个小装置接上电源，打开开关后，小灯泡就会亮三秒，灭三秒，在黑夜里就是“刷，刷，刷”的闪三下，灭三秒以后再是刷，刷，刷的闪三下，变化非常的快，你必须用很快的速度锁定那个小小的闪光点，然后迅速地瞄准，击发，如果时间一长，灯光一闪一闪的你的眼睛就花了，甚至还会流眼泪，加上枪的缺口上有虚光的干扰，你要想找到正确的准星和缺口就实在是不容易了，老兵们有一个对付虚光的秘诀，就是再射击前用火柴或打火机把枪的缺口熏几下，虚光马上消失，这一招虽然土一点，但是很管用，夜间射击最容易犯的毛病就是错误的把准星的护圈当成了准星，差之毫厘，失之千里，这样的话，你一枪打去，子弹就找不着靶子喽。所以那时候有个奇怪的现象，能打上靶子的基本上都是命中四发，或者是五发，凡是打不上靶子的差不多都是五发脱靶，我们那时候管脱靶叫光头，意思就是零蛋。

那一天，各班夜间打靶的成绩的确是不怎么样，差不多有一半的人被剃了光头，队长的脸色是一会儿比一会儿难看，到了最后，队长亲自上阵，他想验验枪，看看是不是枪有毛病，结果五发子弹，他老人家只中了两发，勉强算是及格，按规定三发命中才算良好，命中四发以上才是优秀。那一天，全队只有五个人打了优秀，其中还有三个人是打了四发，打中五发的只有两个人。队长打完了以后，我说："队长，该我打了吧。"队长很不屑的看了我一眼说："你行吗？我看还是算了吧，省几颗子弹得了。"我说："瞧不起人是不是？"队长说："行，先让你打两发，及格了，就让你打完了五发。"我说："要不咱俩打个赌，我打不及格，我输你一条烟，我要是打及格了，就把你藏的午餐肉罐头给我五盒，怎么样，可以吧？我都没跟你多要，按说我应该要十盒。"队长说："你想得美，十盒太多了，顶多给你五盒。"我马上跟站在旁边的指导员说："指导员，您都听见了吧，给我做个见证，队长不许耍赖。"指导员笑着说："那你输了也不许耍赖啊。"我笑了笑说："您就瞧好吧，您呐。"说完，我就刷的一下来了一个卧姿装子弹，队长刚一说："射击。"话音刚落，"砰"的一声，我就击发了，队长回头朝我骂了一声："你个二球吧唧的，打飞了吧？"我没说话，这时只见河对岸报靶的手电亮了，显示命中，队长看了我一眼说："还让你小子给蒙上了，再给你一发。"我装上子弹，"砰"的又是一枪，手电筒又亮了，命中。我抬头看看队长说："怎么样？及格了吧？"指导员敲着边鼓说："我看队长这五盒午餐肉悬了，恐怕要输喽。"队长又给了我三发子弹说："你小子要是五发全中，老子我就奖给你五盒午餐肉。"我说："好嘞，你不许耍赖啊。"队长说："谁胜谁负还不一定呢，你美什么？"他的话音刚落，我就压弹上膛，以极快的速度进行射击，每发子弹间隔三秒钟，"砰，砰，砰"三声枪响之后，队长吹了三声哨，通知报靶。河对岸的手电筒又亮了三下，三发三中，优秀。就这样我成了队里的第三个夜间射击五发五中的优秀射手，直到这个时候，我看见队长的脸上终于有了一点笑的模样，后来在队里点名的时候，队长破天荒的表扬了我一次，就是因为我这个当文书的除了写写画画还有这项夜间射击挺过硬的军事技术，这也就成了我可以自我吹嘘的一点谈资。

其实队长是轻视我这个勤杂兵了，他哪里知道我在当兵的第一年，第二年的时候就对夜间射击情有独钟，每次打夜光靶都是五发五中，很有把握的，所以我才敢和队长打赌叫板，否则的话，我就该输给队长一条烟了，当然，我也不能真的白赢队长的午餐肉，事后，我还是给了他一条烟，这样的话我们就算是公平交易，没输没赢，大家皆大欢喜。

（完）

2012年6月

夜幕中的巡道工

范爱军

夜幕笼罩着大地，车窗外的点点灯光不断地向后掠去，从扬州到北京的Z30次列车正在由南向北疾驶……

忽然，列车行进的速度慢了下来，我疑惑着向车窗外望去，列车正缓缓地在一个小村镇上驶过，一个巡道工模样的人，肩上扛着一把长柄的锤子、背着一个工具包、红色的工作服在灯光照射下非常显眼，大概有四十多岁的样子，只见他站在旁边的铁道上注视着我们的列车，脸上带着微笑。看到这个情景，我不由自主地向他挥了挥手，他的反映很快，马上回应着向我挥了几下手，脸上的笑容比刚才更灿烂了，其实，我们素不相识，我只是因为看到他在这样的黑夜里，默默地巡查着铁道，为我们这些南来北往的匆匆过客做着无声的奉献而感动，我认为正是由于有了许许多多向他这样普普通通的巡道工在日日夜夜地看护着铁道，才保证了祖国几万公里交通大动脉的畅通，才能使得我们安全快速、准时地到达目的地，难道他们不值得我们尊敬吗？难道他们不正是祖国建设和发展的现代铁道卫士吗？答案是肯定的。

十几秒钟过去了，列车继续行进，巡道工的身影渐渐地远去了，可是他那铁道卫士的形象却在我的脑海里渐渐地高大了起来。

我忽然想到，其实人与人之间很好沟通，有时候，一个微笑、一句问候、一个手势就能把人们的距离拉近，陌生的人变成熟识的人，人们往往都很寂寞，都渴望与人沟通，结识朋友，只要我们人人都献出一颗真诚的心，我们就能感到社会的温暖，就能够建成一个欢乐和谐的伟大时代，就能共同步入充满无疆大爱的美好世界。

（**完**）

2009年6月15日

萤火虫的小灯笼

范爱军

我们的山沟里有许多的萤火虫，每到夏天晚上的时候就会出来活动，一群一群的在草丛里，灌木中飞来飞去，在黑暗中画出了一道道黄色的，绿色的亮光，很是好看，这些小精灵们真的很可爱，它在人们的面前画出了一幅幅美丽的梦幻奇景，带给人们许多的梦幻和神奇的憧憬。显示出了勃勃的升生机和顽强的活力，这是大自然的天作之物，很是精美非常好看，偶尔的捉来一只两只的观赏也是挺有意思的，那个小东西就像是一只黑色的硬甲虫，在它的屁股尖上果真是有那么一个绿豆大的黄色和绿色的光点。

有一天，我心血来潮，突发奇想，找了一块塑料的纱窗做了一个小圆笼子，然后就趁晚上的时候在山脚下的草丛里捉了三四十只萤火虫，装在小笼子里，盖上盖子后就挂在帐篷外面的树枝上，还真像一个小灯笼，真的能发出一种黄绿色的荧光来，看到这个发光的小灯笼我想到了“萤囊映雪”的典故，于是就拿了一本书借着小灯笼的亮光看了起来，你别说，还真能看得见书上的字，就是时间不能太长了，时间一长，人的眼睛就会感到有些疲劳。我想，古时候的人们真是刻苦啊，没有油灯，居然能想出利用萤火虫的办法解决照明的问题，而且萤火虫不用油，还不用担心引起火灾呢，不仅如此，还能节约开支不花钱呢，这可真是个一举三得的好办法，真是太聪明了，可是这为什么没有列入我国古代发明的范围呢？如果列入的话，那么今天的教科书里就得把“四大发明”改为“五大发明”啦，我还想入非非的认为，我们中国人用火药可以造火炮，用指南针可以去航海，就是有了造纸和活字印刷以后我们就可以印书了，可是印完了书之后呢，不是正好缺个照明的灯笼吗？这个萤囊不正是补了这个空白吗？我的天哪？这是一个多么了不起的重大发现啊，正当我兴奋的手舞足蹈的时候，就感觉有人再叫我：“喂，喂，你醒醒。”我睁眼一看原来是班长再叫我起来换岗啦。哎可惜了我的美梦就这么破灭了，当我走出帐篷的时候，一看我梦里的那个萤囊正在树枝上挂着呢，太好了，我还以为再也见不到你了呢，我心里想，不管别人承不承认“五大发明”的说法，反正我承认就行啦，这也用不着在心里郁闷啦。

第二天，我看到灯笼里的小家伙们都飞不动了，心里想，人家本来自由自在的生活，昨天被我抓到笼子里面关了起来，心情肯定不好，弄不好它们的心情也会很郁闷，或许还会拆散它们的小家啊，真是罪过，想到这里我赶紧把灯笼的盖子打开，把小生灵们又放回了自然，回到了它们自己的快乐家园，它们飞走了以后，自己的心情也爽快了许多。

（完）

2012 年 8 月

冬天挖土的故事

范爱军

一九七六年冬天，山沟里特别冷，河里都结了冰，队里要求我们新兵排在河滩上平整出一块菜地来，等春天来的时候，就可以种点菜，到了夏天的时候就可以收获了，但是，要想垫地，就得先把土挖出来，可是没想到在冬天挖土可不是一件好干的差事。

我们新兵排在排长和正副班长的带领下扛着铁锹，铁镐，推着架子车，雄赳赳，气昂昂的就直奔山坡下面的土堆去了，排长说："先用镐把土堆刨开，再装车运走"。自己那时候很积极，也想在大家面前表现一番，其实，这种舞锹弄镐的活真不是我的强项，我当时是一米七五的个头，不算矮了，可是体重只有一百零八斤，太瘦了，没什么劲儿，可是总不能让人家瞧扁了啊，抡不动也得抡，怎么着也得拿出点冲锋的精神来，于是我戴上两副线手套，抢了一把铁镐冲上了土堆，排长说：“范爱军，瘦了吧唧的，你行吗”？我鼓着劲儿说：“行，没问题，看我的”。说完就用足了力气把铁镐举过头顶，“嗨”的大吼了一声，使劲刨了下去，只听“铛啷”一声，铁镐从地上反弹了起来，把我的俩只手都震开了，只觉得两只胳膊直发麻，虎口震的生疼，，再一看地上只有一个小小的白点，那地冻得就跟石头差不多，我不服，又一镐刨了下去，地上还是一个白点，我只觉得手上一阵阵的裂着疼，这时候，我们副班长跑上了土堆说：“停，”然后就拉起我的手看了看说：“你的手震裂了，下去上点药，”。我下去后，一摘手套，坏了，摘不下来了，原来是手指缝都震裂了，血流了出来，和手套粘在了一起，这时班长，排长都过来看了看说：“这地冻得太硬了，不能这么刨，得另想办法，小范，你去把手包扎一下，别干这活了，回去烧开水吧”。于是，我就去炊事班烧开水了。

等我把开水送到工地上之后，一看，大家干得热火朝天，你还别说，那几个四川兵干活就是比咱北京兵有劲儿，也有办法，他们先在土堆上选了几个点，然后用几根钢钎打眼，当把六，七根钢钎都打进土堆之后，就几个人站一排，一二三，“嗨”的一喊，一块儿用大锤横向砸那些钢钎，只见土堆上渐渐的出现了一道裂缝，再砸几下，裂缝变成了裂口，一大块冻土掉了下来，大概得有一尺厚，冻土层破了之后，里面的土露了出来，很松软，好挖极了，不到半天的功夫，我们就把土堆给掏空了，里面可以坐十几个人，人站在土堆上使劲跺，下面都不带塌的，排长说：“这么厚的冻土层，远一点的距离，子弹都打不透”。后来土不够用，班长又叫我们抱了好多柴草来，放到土堆下面烧，直到把冻土烧松软了，再把土运到河滩去，在那里，我们垫成了一大片菜地，春天到了的时候，都种上了蔬菜，夏天就可以吃了，真可谓是“自力更生，丰衣足食”啊。

（完）

2012 年 7 月 16 日

对"爱情"的一知半解

范爱军

"爱情"是个历史悠久的名词，从有人类以来，"爱情"就是人们生活中不可或缺的内容，在文学家的笔下，"爱情"则更是一个亘古长青、长盛不衰、百说不厌、百写不烦的字眼和主题。

提起"爱情"就会众说纷纭、各抒已见、仁者见仁、智者见智，不论在何时、何地，只要是关于"爱情"的话题，就一定会激起跌宕起伏的涟漪。

人们追求崇尚、憧憬着美满幸福的爱情，为了爱情、人们可以去拼、去抢、去横刀夺爱，不惜花费大量的金钱，甚至可以付出生命的代价，只要能得到心上人的垂青，就无所畏惧、在所不惜。此种爱情虽然也能演绎得轰轰烈烈、死去活来，但最终仍然是两败俱伤、各奔东西。

爱情是发生在男人与女人之间的一种神秘奇特的现象，像雾像雨又像风，令人很难捕捉、无从下手。来的时候春风拂面、阳光明媚，去的时候云遮雾障、撕心裂肺。因此，人们经常为爱而笑又为爱而泣。梁山伯与祝英台的故事实际上是虚构的，但是因为它迎合了人们对爱情的想往，所以能够千古传诵、令人荡气回肠。

爱的时候、火一样的激情可以把两人融化在一起，不爱的时候、冰一样的冷漠又足以让两个人形同陌路、视若仇敌。爱有多深、恨有多切、成正比例。

花前月下的时候、情意绵绵无休止，分道扬镳的时候、怒气冲天发直立，这种忽热忽冷的现象不正是在现实生活中每天都在上演的节目吗？但是，人们明知爱情有苦、有甜、有哭、有乐，不是一个好玩的游戏，但仍然是你来我往、前赴后继、打打闹闹、哭哭啼啼、出入围城、乐此不疲。

爱情是生活中的兴奋剂，有爱的人是幸福快乐、没爱的人是悲伤滴泪，没有爱情，人们的生活将会变成一潭死水，而变得死气沉沉，没有生气，但是如果吃了过多的兴奋剂，那也不是好事、也会走向反面，为爱所累、为情所害，它们使人兴奋过度、固守执迷。

爱情是把抹了蜂蜜的双刃剑，人们在谈情说爱的时候，必须要认真的把握，否则受伤的必然是恋者无疑。

爱情是讲缘份的，古话说：“千里有缘来相会、无缘对面不相识”，人海茫茫、知音何在？就是缘份未到、不要着急，古话还说：“百年修得同船渡、千年修得共枕眠”这就告诉人们，世界上没有无缘无故的恨、也没有无缘无故的爱，这是爱的根基。

爱情是从心里生出来的，俗话说：“日久生情”此话不假，绝对是有一定的道理，人是高级的感情动物、是有七情六欲的血肉之躯，在经过了共同的磨合之后，人们会发现对方的许多优点，也就是令情人之间的着迷之外，情人眼里出西施吗，久而久之，两性之间便会擦出爱情的火花，吸引两人走到一起。

一见钟情，也是爱情的一种形式，也就是一个男人或一个女人，在偶遇当中一眼就看上了对方，就像《红楼梦》中的贾宝玉一眼就看上了林妹妹一样，现实生活中这样的爱情也不少见，就像辛弃疾在词中所云：“众里寻她千百度，蓦然回首、那人却在灯火栏栅处”，此种爱情确是很有一些浪漫和诗情画意。

爱情又是两个人的事，必须要两厢情愿、剃头挑子一头热、单相思是不行的，一厢情愿导致的往往是悲剧，只要两情相悦，就不在乎是否朝朝暮暮、是否长相厮守、是否花前月下、是否海誓山盟，只有两颗心贴在一起，心心相印、息息相通，才能产生那种难以割舍的合力。

爱情当中有追求、有矜持、有迷惑、有妒嫉、然而更多的是酸了巴叽的醋意，不论男人、女人都会产生上面所说的各种现象，如果没有这几种现象，那就是不正常的，两人的关系肯定不是爱情，一个男人和女人如果不在乎对方的感觉，或者自己的感觉不被对方在乎，相互之间没有那种被扫描的感觉，那么他们之间一定是一般的同事或朋友，绝对不会和恋爱扯上关系。

有句俗话说："天上下雨地上流、小两口打架不记仇、白天同吃一锅饭、晚上同枕一个枕头"说明了一个道理，爱情绝不是小说中虚构的那样浪漫，而是一首锅、碗、瓢、盆的交响曲，打是疼、骂是爱、急了拿脚踹，是男人女人的二人世界里生活的主旋律。礼尚往来、相敬如宾是围城以外的事情，而围城之内则多半是不那么讲公平、论道理的，在外面一身正气，回到家里，面对爱人的时候，也许会大喊大叫、也许会泪流满面、而不会感到耻辱，这就是因为爱人会包容他的一切，原谅他的无礼。自己可以在这里得到安慰、得到启迪。

爱情就是爱一个实实在在的人，而不追求完美，况且天下根本就没有十全十美的完人，爱就爱他的全部、爱屋及乌，欣赏他的优点、包容他的不足，互相给予对方相当的空间自由，像放风筝一样，只要他愿意飞，你就放你的线，绝不强迫他改正自己的毛病，还要允许对方保留自己的隐私，即便是发现了，也不要给其"坐老虎凳、灌辣椒水、严刑拷问"那样做的结果只能是把问题搞复杂了。而走向分手的困境，他（她）如果喜欢自己的偶像，就不要干涉他（她），让他（她）尽情地去欣赏罢了，就算做个顺水人情吧。实际上你也管不住他（她）的行迹，这是绝对的真理。

围城固然不要轻易离开，但是在城墙上看一看外面的世界、也未尝不可，就算是得了婚姻疲劳症，走上城墙放松一下心情、换一换空气，这样也应该对爱情有些禅意。

爱情、可以把一块生铁炼成好钢，也可以把人烧得头脑发热、眼花缭乱，分不出南北、找不着东西，忽而像春风、忽而像霹雳，让世世代代的情侣们捉摸不定、让千千万万的作家们争相挥笔。

有些短暂的爱情，虽然只是昙花一现，但是因为爱的真诚、爱的壮烈，同样也会让世人称道、万古流芳，就像刘文雍、陈铁军两位革命先烈那样在敌人的刑场上举行了血染的婚礼，令苍天垂泪，令大地饮泣。

其实，对爱情最直白的理解就是："异性之间那种由衷的、隐蔽的牵挂，就是那种从眼睛里流露出的亮光、就是那种不经意中的肌肤之触、就是那种细致的婆婆麻麻的呵护，给爱人送上一杯热茶、给爱人披上一件棉衣，在下雨的时候，共同撑起一把雨伞、在生病的时候，互相搀扶着前去就医，在你成功的时候为你祝福，在你失落的时候给你鼓励，男人要甘当妻管严、女人要争做好儿媳，这样的爱情才有滋有味，这样的生活才真有意义。"

爱情充满了的传奇，又弥漫着神秘。

好厉害的牛蠓

范爱军

我们技务队所在的地方有一种飞虫，叫牛蠓，长得又黑又大，跟马蜂的个头差不多，肚子圆滚滚的，比一般的蚊子大多了，十只蚊子也抵不过一只牛蠓，这家伙飞起来的时候嗡嗡的，就像牛蜂发出的声音一样，公的不叮人，只有那些母的牛蠓专爱叮人，吸食人的血液，就连牛马这样的大牲畜都受不了它们的叮咬，因此叫它们牛蠓，除了叮咬人畜之外，它们还有传播病毒和细菌的恶习，因此，是山沟里非常令人讨厌的一种害虫，它们不但厉害，个大，而且数量还多，夏天的时候上厕所，就会受到牛蠓迎面而来的攻击，撞在脸上，身上，手上都怪疼的，所以，上厕所必须快速解决战斗，否则的话，你就很可能被牛蠓的毒刺击中，而一但被击中的话，轻则骚痒，重则红肿，就得到卫生队去打针吃药了，那时候，我们晚上睡觉都要先钻进蚊帐里去，把蚊帐挨处的掖好，才能躺下睡觉，有时候睡着了一不留神，胳膊或腿从蚊帐中伸了出来，那就会毫无疑问的会成为牛蠓们聚餐的地方，更有甚者，有的牛蠓居然能隔着蚊帐叮人，简直是太可恶了，所以那时候，我们见了牛蠓就像见到了敌人一样，必须是斩除之而后快。有时候，晚上院子里的灯泡下面会招来成群的牛蠓，这是聚歼牛蠓的绝好时机，我们几个人，各持一把竹扫把，围成一圈，拼命的朝牛蠓扑打，打落在地上之后，就上去用脚踩，踩的时候都能听到“啪”“啪”的响声，那是牛蠓被踩破肚皮时发出的响声，现在想起来，这身上还一阵一阵的起鸡皮疙瘩呢。

（**完**）

2012 年 7 月 13 日

其实念旧是一种美德

范爱军

当今社会上流行一种喜新厌旧，“不求天长地久，只要曾经拥有”的风气，相比之下，鄙人就显得有些迂腐了。因为我很念旧，极不愿意放弃那些经过风风雨雨、坎坎坷坷的昔日旧友。

因为念旧，所以我对以前的朋友很留恋，我们共同经历的一切都深深地印在了心里。同时，我也非常憎恨那些把人当作玩偶，招之即来，挥之即去，把别人的感情玩弄于自己的股掌之中。他们用人时满脸堆笑，不用时就冷若冰霜。你即便是对他们肝脑涂地，相近犬马之劳，他们在用不着你的时仍然会对你实行“过河拆桥，卸磨杀驴”的既定方针，工作上是这样，友情上亦如此。我脑子笨，智商低，一碰上这些钩心斗角、尔虞我诈之事就犯晕，因为我不明白，人为什么要这样无情，就像一群冷血动物一样，明明曾经是无话不谈的朋友，明明曾共过甘苦、共过患难却偏要对人家翻脸无情，形同陌路，这样做是合天心还是顺人意？我想各位看官的心里是会有答案的。

我念旧，是因为我始终信奉着一个理念，这就是“受人滴水之恩，定当涌泉相报”，现如今，我们提倡构建和谐社会，就要提倡知恩报恩，只有我们每个人都做到了“吃水不忘挖井人，翻身不忘共产党”，那么我们这个社会就会充满真情挚爱，就会变成幸福快乐的天堂。

所以，我认为，念旧之理不应遗弃，因为这是一种人类的美德，要时刻记住别人对我们的恩泽和关爱，用真诚来浇灌我们心中的那粒行将枯萎的良知种子，让它在我们的心里生根、开花、结果，为我们的民族，为我们生活的百花园添一点红，增一片绿。

（完）

2008 年 9 月

秦始皇兵马俑游记

（散文）

秦始皇兵马俑是一个奇迹，据说是世界第八大奇迹，与中国的长城，埃及的金字塔等并列，享誉世界。

我很幸运，2008年7月中旬我游览了秦始皇兵马俑博物馆。

秦始皇是我国历史上第一位封建君主制的皇帝，所以尊称为秦始皇，他的魄力极大，不仅能够灭掉六国、统一文字、统一货币、统一度量衡、统一车轨，还“焚书坑儒”、统一人们的思想。在修造自己陵园方面也称得上是大手笔，宽思路。据史料记载，秦始皇一共征集了七十余万徭役，耗时三十八年，在修建了正陵外还修建了七十二座疑冢，五百多个陪葬坑，占地面积达到五十多万平方公里，差不多和欧洲某个小国的面积一样大，规模宏大、举世罕见。

身为千古一帝的秦始皇非常珍爱生命，曾多次派人在有海市蜃楼的地方去寻找长生不老的仙药。同时他又怕在归天后受到打扰，于是就想出了一个办法，在陵墓周围挖了许多个兵马俑陪葬坑，想用这些真人一般大小的兵马俑，在另一个世界继续给他护驾。

从公元前200多年一直到公元1974年，这些成千上万的兵马俑在经历过了2000多年的长眠之后，终于面世了。这些与真人、真马一般大小的陶俑、陶马一出土，马上就震惊了整个世界，引来了千百万的游客。人们不禁惊呼，这真是太奇妙了，太震撼了！视觉上的美感，心灵上的冲击，都是无以伦比的，被评为世界第八大奇迹，是理所当然的，是当之无愧的。因为，秦始皇兵马俑太伟大了，太深奥了，伟大的让人仰视，深奥的让人瞠目。在这些兵马俑面前我们只有臣服、礼拜的份儿，而绝不敢产生丝毫的不敬和非议，它们精美的艺术、过人的胆略，宏大的气魄，实在是令人钦佩不已，叹为观止。

雄壮的兵马俑列队站立，手中仍然保持着二千多年前时紧握兵器的姿势，显得非常威武，不愧是当时世界上最强悍的军队，骁勇善战，势不可当。远远望去，仿佛是在接受皇帝的检阅，又仿佛是在待命出征。

据导游说，像这样的兵马俑陪葬坑，在秦始皇陵周围大约有500多个，可见其规模之大，绝不是平常人能想象的出来的。

游了兵马俑，使我们的胸怀得到了极大的扩展，我们中华民族的历史在清咸丰朝以前始终是光辉灿烂，可圈可点的，尤其是在秦始皇当政时期，虽然施行的是暴政，但却是符合当时的国情，要统一就要有铁的手腕，这是可以理解的。没有强大的军队做支撑，政权是很难维持下去的，这是每个人都明白的道理。

兵马俑气势恢宏，能使人产生奇妙的联想，站在佣坑旁边，我们看到的是秦始皇时期的壮观场景，是立体的复原，是真实的展现。从服饰到兵器，从战车到马鞍，无不显示了当时工匠们的奇思妙想、鬼斧神工。我真的惊讶了，敢情二千多年以前的老祖宗们是如此的恪尽职守，是如此的敬业爱岗，我们中国人的聪明智慧在这里得到了最完美、最直接的体现。

到秦始皇兵马俑博物馆游览，真的是不虚此行。

振安物业 范爱军

松鼠的故事

范爱军

一九七七年冬天，有一次班里的战士捉住了一只松鼠，后来被送到队部来了，我那时在队部当文书，我和通讯员一块儿编了一个笼子，把那只松鼠关在了里面，又放了点食物和水，就算是给小家伙安了个家，这个小东西很不安生，整天在笼子里面又蹦又跳，看着也怪可怜的。有一天，我忽然心血来潮，跟通讯员说："咱们把松鼠放出来玩一会儿吧，就算放放风得了"。于是我们就把笼子的门打开了，小松鼠一见门开了、"嗖"的一下就从笼子里面窜了出来，我和通讯员俩人手忙脚乱地开始捉松鼠，幸好队部的门是关着的，松鼠上蹿下跳的满屋乱跑，我摘下帽子、就像上甘岭里面张忠发那样去捉松鼠，可是这个小东西很机灵，他趁我不注意的时候，一下子钻进了我的裤腿里，当时穿的是棉裤、里面很暖和，这个小东西一头钻进去、就一直向上爬，我一看、不好、这家伙马上就要钻进裤裆里了、这还了得，我赶紧用双手按住大腿根部，防止松鼠进入我的禁区，通讯员赶紧把手伸进我的裤腿，费了好大的劲才把这个淘气的松鼠捉了出来，马上又把它关进了笼子里面。一直到第二年开春，由于我调到四队去当文书了，于是就和通讯员商量，别老关着小松鼠了、放归大自然吧。

于是，我和通讯员提着那只笼子，走到了山坡的一颗松树下面，打开了笼子的门，松鼠伸出头来看看，似乎是不相信它已经获得大赦、自由了，反而又缩了回去不出来了，于是我们就把笼子放在了地上，跟松鼠说："再见了、小兄弟、你自由了"。松鼠仿佛听懂了我们的话，从笼子里爬了出来、向松树上爬去，还不时地停下来回望我们一下，那个情景很美、很温馨。早已深深的印在了自己的脑海之中。

（完）

2012年6月1日写于北京

心中的秋色

（散文诗）

范爱军

秋天到了，暑气退了，天气凉了，感觉爽了。天变高了，云变淡了，庄稼熟了。

“一年一度秋风劲”，秋天一到，带来了丰收的喜悦，也带来了金色的收获。心境开朗了，精神舒展了，放下的是烦恼，得到的是快乐。

春夏秋冬，一年四季，春有春的希望，夏有夏的火热，秋有秋的风彩，冬有冬的性格。

地球就像一列没有始发站，也没有终点站的列车，在太阳系里没日没夜的行驶，沿着椭圆的轨道出没。

阳光似箭，日月如梭，“坐地日行八万里，巡天遥看一千河”伟人毛泽东的诗句展示了宽阔的胸怀，也袒露了惊人的气魄。

列车上的人随上随下，有的站立，有的坐卧，有的路途遥远，有的瞬间即过，有的扶老携幼，有的扛包拿裹，有的谈笑风生，有的伤感迷惑，同路的都是缘分，知己的能有几个？窗外的景色常换，身边的人又换了几拨?

这就是命运，这就是生活。

天下没有不散的宴席，也没有永远盛开的花朵。人不过是苍茫大海中的水珠一滴，人不过是原始森林里的小草一棵。在恒久古老的宇宙里，人类不过是无数生命中的一种。在时间空间的隧道里，我们的地球不过是一粒飘浮的粉末。

人生就像一个爬山的游者，赏得了如画的风光，也受得了登高的寂寞，人生就像一艘远航的船舶，看得到七色的彩虹，也经得住惊涛的折磨。

我们能够来到这个红尘凡世，其实已属不错，酸甜苦辣咸尝了一遍，最要紧的是保持心平气和。只有经过千击万磨，才能修成金身正果，明白了人生的真谛，懂得了道路的曲折。

“让暴风雨来得更猛烈些吧”高尔基在《海燕》当中发出了无比激昂的呼唤，因为他知道绚丽的彩虹一定会在雨后的天空闪烁。

高高的蓝天，白白的云朵，飞翔的海鸥，起伏的海波，巍巍的青山，潺潺的小河，低垂的谷穗，飘香的水果，鸟儿的欢唱，湖中的莲荷，鱼儿在戏水，牧童吟诗歌，小桥连着石经，亭台接着楼阁，金色的秋风，血红的日落，啊！好一片人间的美景，好一个神奇的秋色。

我只想乘上小小的游船，荡进这如诗的画卷，去领略大自然的恩赐，去感受这梦一样的欢乐，泡上清茶一盏，香气扑鼻，翻开古书一卷，船头稳坐，眼望高悬的明月，近观依稀的渔火，宛如仙风道骨，又像闲云野鹤，就在这只小小的船上，自成一统，吟诗品茗，挥毫泼墨，抒怀言志，自在洒脱，抛弃追名的烦恼，丢掉逐利的苦涩。

其实，我们每个人都只是一个来去匆匆的过客，要懂得感恩是人生的义务，博爱是人生的美德，利他是人生的境界，探索是人生的主课。一生当中最主要的就是脱下愚痴的胎骨，换上彻悟的体魄，宁静方能致远，名利需要淡泊，少一些计较，多一些幽默，家国自然和谐，世界必成极乐。

只为自己，人生无论多么辉煌，都是世俗的小我，都不过是一闪即逝的流星。

若为大众，人生无论多么坎坷，都是圣洁的大我，都永远是永存不灭的银河。

啊，这些都是一个花甲之人的感悟，

啊，这些都是我心中的秋色。

（**完**）

2017 年 10 月 18 日作于北京。

寻访金山岭

范爱军

龙年的四月二十三日，正值春暖花开的季节，我们十几位同事驱车前往著名的金山岭长城摄影采风，实实在在的过了一把“登上长城是好汉”的瘾。

金山岭长城在京城以北一百三十多公里的地方，金山岭长城地势显要，山高林密，古往今来都是兵家必争之地，在冷兵器时代，修筑长城是抵御外侵，保家卫国的第一重要军事设施，秦始皇的主要功绩之一就是修筑了万里长城。虽然他征集了数百万的工匠，兵勇，耗费了巨大的资粮，经过了十几年的时间，才完成了这项震惊世界的浩大工程，正是由于当年的巨大努力，才为我们留下了如此珍贵的历史文化遗产。地处北京与河北交界的金山岭长城是拱卫京师的北大门，曾经做出过重要的贡献，有着十分重要的军事和政治战略地位。

我们抵达的时候，以是下午三点多钟，为了节省时间和体力，我们乘坐缆车上了长城，当时已是下午四点钟的光景，太阳以经走到了天空的西面，远远地望去，眼前呈现出了“苍山如海，残阳如血”的壮丽景观，古老的长城在夕阳的映照下，更加显得雄伟高大，绚丽多姿，金色的阳光洒落在广阔无垠的群山峻岭之上，把那条古老的长城打扮成了一条恍如出没在大海之中的巨龙，那高高耸立的敌楼仿佛就是高昂的龙头，那一块块城砖仿佛就是一片片龙鳞，山坡上那一丛丛五颜六色的鲜花正像是海洋里翻腾的浪花，这是一幅饱经苍桑的历史画卷，充满了历史的沉淀，残破的墙缝里长出了几支细小的嫩叶，却又显得古老的长城正在蕴育着盎然的生机，我赞叹着，啊，这是多么顽强的小生命啊，难道你也会咬定长城不放松吗，我想会的，依附在古老长城上的一切都是历史，都是永恒。

沿着起起伏伏的长城甬道行走，可不是一件很舒服的事情，也正是因为道路的残破，让我们更直观的看到了古长城的内涵，抚摸着裸露的垛口，那白色的膏泥虽然已经变得坚硬如石，仔细闻一闻仿佛还有一些糯米的香味儿。

走在古长城上，我们就像进行一次历史的穿越，抚摸着长城上那一块块饱经风霜的城砖就像是触摸到了古时候戍边将士身上的铠甲，听着耳边传来的阵阵松涛，我们又恍如在与古人谈话，听到了守城御敌时的阵阵杀声。看着天上的朵朵白云又使我们看到了连天的烽火和滚滚涌动的狼烟。

我们登上了耸立在峰顶的敌楼，四下看去，青山环抱，古老的长城就像是一条巨大无比的苍龙，沿着山脉的走向蜿蜒而去，真可谓是“神龙见首不见尾”，长城的雄伟是惊人的，当你没有亲自登上长城，没有亲手抚摸过那城墙时，是绝然体会不到的，长城的险峻是罕见的，你如果不是亲身在城墙上往下俯视，那种血压升高、头晕目眩的感觉，凭空是绝然想不出来的，我发自内心的崇拜自己的祖先们，在当时那么落后的生产力下，居然能把那么大的砖块运到山上来还能筑起这么高大的长城。这不就是鬼斧神工，这不就是天人之作吗。古人的勤劳勇敢、聪明智慧是我们现代的人难以比拟的。

站在敌楼的洞口，我仿佛有了一些感悟，我们的古长城是有精神的，有生机的，他护佑着千千万万的中华儿女养育了世世代代的龙的传人，就像有人把黄河比喻成中华民族的母亲，难道我们就不能用长城来形容中华民族的父亲吗，我想，应该可以的。

长城是条古老的巨龙，他是有生命的，他的精神是不朽的，他会流血、会受伤，但是绝不会死亡，因为长城已经成了中华民族的象征。

《义勇军进行曲》里面唱道："起来不愿做奴隶的人们，用我们的血肉筑起我们新的长城"是的，这就是我们中华民族的精神，古老的长城就是我们炎黄子孙的脊梁，长城的精神永远的激励着我们那种磅礴炽热的爱国情怀。

站在垛口抚摸着那一块块青灰色的城砖，抚今追昔、访古寻幽，是一种锤炼心灵的过程，人的思想，境界都能得到巨大的飞越和升华，这是历史的见证，真的让我们这些后来者倍感震撼，一种从未有过的冲击力在我的胸中激荡起了阵阵的波涛。长城是什么？是文物、是古迹、是文化遗产、是旅游胜地，这都是对的，不容置疑，但是我想这残破不堪的长城，透过尘封的时空，向我们传递过来的是炎黄子孙的豪情血性，是中华民族的慈善灵魂，是秦始皇的雄才大略，是汉武帝的金戈铁马，是成吉思汗的弯弓射雕平天下，是康熙大帝的开疆扩土展宏图。列祖列宗为我们打下了伟大厚重的基业，这是我们的福分，然而我们面对下一代又有着承前启后，继往开来的责任。

啊，长城，我们中华民族的后来人，在倾听着您老人家的教诲，牢记祖训，珍爱和平，誓雪国耻、振兴中华。

啊，长城，我的老父亲，我记住了您的遗愿，记住了您的嘱托。

夜梦中，我俨然变成了一位守城的兵勇，一个穿越时空的幽灵。

（完）

燕子，回来吧！

范爱军

燕子，回来吧！春天到了，冰河融化了，岸边的杨树、柳树都开始放绿了，温暖的春风轻拂着面颊，万物复苏了。

我喜欢燕子，说不上什么理由，只是一种心里的感觉。每到立春过后，杨树、柳树发芽之时，封冻一冬的冰河融化的时候，我都会不由自主的产生一缕思念，燕子，该回来了。

燕子，真的是一种神奇的鸟儿，个儿不大、黑色的羽毛、只是肚皮是白色的，翅膀尖而长、尾巴分开像剪刀，捕食昆虫，对农作物有益，春天从南方飞到北方，秋天又飞回南方，是一种受人喜爱的候鸟儿。它们很通人性，经常在人们的屋沿下，或者是在屋里的房梁上筑造自己的小巢，它们很懂得环境保护，筑巢用的材料就是草、树叶和它们掉下的羽毛，再加上衔来的黄泥，绝对是纯天然、无污染，燕子是我的好朋友。

燕子们每天都要辛勤的劳作，主要就是捕食昆虫，它们飞行的速度很快，快得就像一道黑色的闪电，穿过树梢、掠过河面，它们就是这样生活，就是这样自由自在、快快乐乐的安度着每一天。

自己小的时候，爷爷家里的老屋就有这样的燕巢，从小自己就非常爱听燕子们那“叽叽、叽叽”的叫声，是窃窃私语、还是情话绵绵，我也听不懂，只是觉得好奇、而且好玩。

现在岁数一年比一年大，眼看着就是“奔六”的人了，怀旧的心情一年比一年重，一个春天的到来，就意味着自己的年轮又多了一圈。尽管如此，每年的冬天在那雪花飘舞的时候，我还是要期盼着春天的到来、期盼着从南方回来的燕子。

团结湖畔，爷爷的老屋早已不在了，现代化的大都市已经挤掉了燕子们曾经的家园，上面盖上了高高的楼房、宾馆、饭店，当我又一次走过那里的时候，寻不到一丝一毫当年的痕迹，一切记忆都被覆盖了、尘封了，我只能暗暗的在心中拨动思念的琴弦，盼望再次听到燕子们晚上在巢里嬉戏时发出的“叽叽、叽叽”的叫声，也许是兴奋、也许是感叹，这里的奥秘，只有燕子知道，我只能是凭着记忆去猜测、去浮梦联翩。

燕子啊，我想你，回来吧，我的心扉永远是你的家园。

（**完**）

2010 年 2 月 22 日

一碗鸡蛋面

范爱军

1977 年冬天，我们部队开展助民劳动，我记得我们连的任务是帮助一个小山村的农民平整土地。

那年的天气比较冷，一说话就是一团白雾，用铁镐刨地，一镐下去只留下一个白点，用不了几下双手的虎口和几个指缝就都震得裂开了口子，流出了鲜血，自己当时身体比较单薄，没几天就病倒了，发高烧39℃，班长让我休息。那天中午，正在昏睡的我忽然间闻到了一股鸡蛋、葱花和香油混在一起的香味，也许是饿了的原因，我不由自主地睁开了眼睛，一看，是房东大嫂她正端着一碗鸡蛋面条坐在我的床边上，她看到我醒过来了，就笑着说："好呀！你这个北京娃总算是醒过来了，来，赶快趁热把这面条吃了。"我用足了力气想坐起来，可是连着两天的高烧，我已经没力气坐了。房东大嫂拿了个枕头放在我背后，让我靠着坐起来，然后她又端着碗一口一口地给我往嘴里喂着吃。当时我就想，她多像自己的妈妈呀！只是岁数小了点，大概只比自己大个七八岁吧，人长得也很秀气。我当时只是一口接一口地吃着，感觉真是香啊！吃着吃着，自己只觉得鼻子一酸，眼泪就扑啦扑啦的掉了下来。"大嫂，我谢谢你！""不用谢，不用谢。你们从北京来到我们这个小山沟里为我们吃苦来了，我还得谢谢你呢！"停了一下，她又说："你大哥也是当兵的，是个连长，在一个海岛上。"我说："嫂子，那家里就你一个人带孩子还照顾公婆啊？"嫂子笑了笑说："可不是嘛，苦是苦点，能挺过去，再说还有政府照顾，也就没什么困难了。一看到解放军，一看到红五星，红领章，我就想起了远在天边的丈夫，所以觉得你们就是我的亲人，从心里就有一种亲切的感觉。"我说："嫂子，您说的对，咱们军民本来就是一家人，何况大哥也是军人呢，我们就更亲上加亲了。"

不知不觉当中，一碗面条全吃完了，自己只觉得那是自己吃过的最香的一碗鸡蛋面。

一个星期后，我们完成了助民劳动的任务，要走了。我们上了汽车，临走时，我把大嫂家的小女儿抱过来，悄悄地在她的口袋里放了三块钱和五斤全国粮票。尽管这样，我也觉得无法去买到那碗香味扑鼻的鸡蛋面。

时间过去了三十多年，不知道那位可亲可敬的房东大嫂怎么样了。当年的小姑娘也应该早已长大成人了，不知道还能否有机会再吃一碗大嫂做的鸡蛋面，但愿我这个梦想能够成真。

（**完**）

2012年5月底写于北京

收藏故事

一个古朴苍桑的“元青花大盘”

范爱军

五年前，我在东直门早市的一个地摊上买了一个青花大盘，自己凭拙眼认为是个元代的老物件，因此视若珍宝、藏于家中、很少示人。

说起这个盘子，还有些巧遇，我与摊主是个半熟脸，我曾在他的摊儿上买过几件玩艺儿，一来二去的就混得有点熟了，那天，我从他手里买了两枚古钱币，刚要起身告辞，却发现她的孩子在摆弄一个青花大盘，一上眼我顿时就觉得眼前一亮，好漂亮的元青花大盘，在这个意识的支配下，我小心地把盘子拿了过来，开始仔细的观看，这个盘子的直径在四十公分左右、胎体厚重，拿在手里感觉沉甸甸的、很打手，青花色彩凝重，犹如蓝宝石一般，色彩深处自然的分布着银灰色的铁锈，用手摸上去，有明显的凹凸感，纹饰的四周有晕散的现象，整个盘子通体呈鸭蛋青色、釉色肥厚、光泽滋润，口沿是菱花式扳沿口，共有十二瓣，盘内画有三位神仙在松树下对弈围棋、眉目传情、生动自然，下方还有一位少年在草地上戏鹤。盘子周围的壁上一圈画有六组葫芦叶纹，边沿上画了一圈卷云海水纹，盘的外壁同样是画了六组葫芦叶纹，盘子是圈足，沙底、有旋转刮削的纹路，沙底、有火石红，圈足外侧斜削一刀，呈现出明显的元代至正年瓷器的特征，纵观盘子通体有棕眼。在放大镜下观察釉下面分布着大小不等的气泡，根据这些特征，我初步断定，这个盘子应该是一个到代的老物件，于是就买了下来，回家之后，查了不少的资料，认认真真的研究了几天，越看越高兴，感觉就像是人们梦寐以求的元代至正年间烧制的青花大盘。此论正确与否，愿与藏友商榷，请专家点评。

（**完**）

2010年2月22日

云雨华山行

（散文）

华山以奇险而雄踞天下，著称于世。“华山天下雄”，是说华山的险峻，只有亲身爬上了华山，你才能有真正的体验和感受。

我们去华山的那天，正巧赶上阴天，雾很大，能见度仅有二十米左右，后来又下起了淅淅沥沥的小雨，偌大的华山像被人施了隐身术，变得无影无踪，到处是白茫茫的，什么景色都看不到。

乘着汽车，在盘山公路上疾驶，左绕右转，山沟里溪水潺潺，怪石林立。白色的云雾在车顶上忽上忽下，忽高忽低，一伸手就能抓一把云。

华山的海拔高度其实不是很高，最高峰只有2100多米，最低的北峰只有1600多米。只是由于它是身处在平原地带，冷不丁的拔地而起，没有缓缓上升的过程，就像是从天上插入地面的几把宝剑，从而显得那样异常的高耸挺拔。

记得三十多年前在秦岭当兵的时候，也见过很险峻的山，也爬过几座险山，但是到了华山以后，我不得不承认，没见过这么险的山，更没爬过这么险的山。

悬崖峭壁，犹如刀劈斧砍一般，直上直下，上面插入白云，向下是万丈深渊。苍松翠柏在石头缝里扎根，却长得枝繁茂盛，郁郁葱葱。长着大尾巴的小松鼠在松树间嬉戏跳跃，玩耍得很是高兴。它们是快乐的，我不禁被这些松柏所感动了，被它们的坚韧不拔所鼓舞了。同时我又被这些可爱顽皮的小精灵所吸引了，心里霍然开朗起来。

坐上缆车，径直往上升去。窗外四周全是白色的云团，只是偶尔之间能隐隐约约地看见一、两快岩壁，有点像腾云驾雾一样。耳朵感受到了挤压，有些痛感，于是马上张开嘴，使耳膜内外的压力均衡了，就好受多了。大约经过了十几分钟的时间，终于到了北峰下的缆车那一端。下了缆车，拾阶而上，爬上了陡峭的天梯，再往上就是北峰和其他四个山峰的分界处，中间是一个一百多平米的平台，一面通北峰，另一条路通往其他四峰。此时的我已经是气喘吁吁了，由于血压高的原因，我上不了太高的地方，所以刚一过“擦耳岩”，看着脚下深深的悬崖，我的眼前一黑，马上头晕目眩起来。没办法，我只好留在下面那个平台上休息。后来和另外三个同志坚持着上了北峰，在“华山论剑”的岩石前照了张像，总算是弥补了一点遗憾。

在山上休息的时候，我想起了电影《智取华山》，我想，那个时候华山没有这么好的路，更没有缆车，9名解放军侦查员是怎样爬上去的呢？可以想象其困难程度一定是很大的，但是他们在人民群众的帮助下，凭借着对党的忠诚，对人民的热爱，对敌人的仇恨，凭借着过人的胆量和智慧，终于打破了“华山自古一条道”的神话，登上了主峰，消灭了残匪，为人民除了害，为祖国立了功。

华山，惊奇而雄险，发生了许许多多的爱情故事与美丽传说。今后，仍将会发生更加美好奇妙的故事。此次云雨华山行的经历，已经深深地铭记在我的心里。

华山是大自然的伟大杰作，气象万千，美不胜收，无与伦比。

登上华山，你会有一种飘飘欲仙的感觉，登过华山，你可能会被它的奇险可怕而后悔一阵子，但是如果你没有登过华山，没有亲身领略华山的美妙，那么你肯定会后悔一阵子。

华山有灵魂，有气魄，充满了狂野、豪放，也深藏着文化、典故、自然景观和人文遗迹，令人目不暇接，数不胜数。可谓众山之冠。

华山的奇景、胜境，华山的高耸、博大，在中国乃至世界上都名列前茅，如若不去，那是非常遗憾的。

振安物业　范爱军